U0087982

小說新賞

劍仙英雄協力轉乾坤

七劍十三俠

原著　清·唐芸洲
編寫　張博鈞

三民書局

在經典故事中成長

　　我常常思索著，我是怎麼成了一個說故事的人？

　　有一段我已經忘卻的記憶，那是一個沒有什麼像樣娛樂的年代，大人們忙著養家活口或整理家務，大部分的孩子都是自己尋找樂趣，妹妹告訴我，她們是在我說的故事中度過童年的。我常一手牽著小妹，一手牽著大妹，走到家附近那廢棄的老宅前，老宅大而陰森，厚重而斑駁的木門前有一座石階，連接木門和石階的磚牆都已傾頹，只有那座石階安好，作為一個講臺恰到好處。妹妹席地而坐，我站上石階，像天方夜譚般開始一千零一夜的故事。

　　記憶中的小時候，我是個木訥寡言的人，所以當小妹說起這段過去時，我露出不可思議的神情，懷疑她說的是另一個人的事。雖然如此，我卻記得我是如何開始寫故事的。那是專三的暑假，對所有要上大學的人來說，這個暑假是很特別的假期，彷彿過了這個暑假就從青少年走入成年。放暑假的第一天，我從北部帶著紅樓夢返家，想說漫長的暑假適合讀平日零碎時間不能完整閱讀的大部頭。當我花了兩個星期沒日沒夜看完紅樓夢，還沒從寶黛沒有快樂結局的悲悽愛情氛圍中脫身，突然萌生說故事的衝動，便在酷暑時節，窩在通鋪式的臥房，以摺疊成山的棉被權充書桌，幾個下午就完成我的第一篇短篇小說、我說的第一個故事。寫完時全身汗水淋漓，用鉛筆寫的草稿也被手汗沾得處處字跡模糊，不過我不擔心，所有的文字都在我腦海中，無需辨認。之後我又花了幾天把草稿謄在稿紙上，投寄到台灣日報副刊，當那個訴說青春少女和遲暮老人忘年情誼的小說變成鉛字出現在報紙副刊，我知道我喜歡說故事、可以說故事，於是寫了一篇又一篇的小說，直到今天。

　　原來是經典小說帶領我走入說故事的行列，這段記憶我始終記

得，也很希望在童年時代還耐不下性子閱讀原典的孩子們，能和我一樣在經典故事中成長。

　　雖然市場上重新編寫經典小說的作品很多，但對我這個有兩個少年階段孩子的母親來說，卻總覺得找不到適合的版本，不是太簡單，就是太難，要不然就是刪節得不好，文字不夠精確等等，我們看到了這當中的成長空間，於是計畫進行一套經典小說的改寫版本。

　　首先我們先確定了方向，保留較多文學性，讓這套書適合大孩子閱讀；但也因為如此，讓我們在邀請撰稿者方面碰到不少困難。幸好有宇文正、石德華、許榮哲等作家朋友們願意加入，加上三民書局之前「世紀人物100」的傳記書系列，也出現了不少有文采、有功力的寫作者，讓這套書可以順利進行。對於文字創作者來說，創意是珍貴的資產，但改寫工作就像化妝師，被要求照著一張照片化妝，不能一模一樣，又不能不一樣，一些作者告訴我，他們在撰寫這系列的書時，常常因為想寫的和原著不太一樣而卡住，三民書局的編輯也常常要幫著作者把寫作節奏拉回來，好幾本書稿都是初稿完成後，又大幅刪修，甚至全部重寫。辛苦的代價便是呈現在讀者面前的這套書——文字流暢、故事生動，既有原典的精華，又有作者的創意調拌，加上全彩印刷、配圖精美。這是我為我的孩子選擇的一套書，作為他們告別青春期的最佳禮物，希望能和天下的學子、家長們分享，也期待這套「大部頭的套書」，經過作家們巧妙的改寫、賦予新生命後，保留了經典的精神，又比文言白話交雜的原典更加容易親近，讓喜歡聽故事、讀故事的孩子，長大後也能說故事、寫故事，於是中國經典文學的精華就能這麼一代一代傳誦下去。

林黛嫚

最初，最初，在那個電腦介面還處於 2D 畫面的時代，網路還需要透過數據機撥接連線，並且與家用電話同占一條線路，光纖和 Wi-Fi 根本還不存在，畫質、解析度等等都尚未被苛求，甚至電腦才剛剛要從 Dos 轉向 Windows 系統。這時，角色扮演遊戲仙劍奇俠傳的橫空出世，不知道讓當年多少少年少女為之風靡不已，為了完整李逍遙和趙靈兒的愛情冒險，鎮日守在電腦前，闖過一個又一個關卡，一步步來到故事的結局。

結合了神話、道術、武俠、劍仙、文學等諸多元素，造就了仙劍奇俠傳驚人的成功，於是有了後來的外傳和軒轅劍。那些如今看來顯得相當粗糙的遊戲畫面，不知不覺間已成為存留在我們六、七年級心中的年少回憶，而新的劍仙故事依舊不斷地在被訴說著，從前幾年的花千骨、誅仙、青雲志，一直到喧騰一時的三生三世十里桃花，那些結合了神仙、法術和武俠的故事從未斷絕過。

或許，不論在文學或是電玩的世界裡，我們總是渴望不同於尋常的生活，所以在西方有哈利波特、魔戒之類的奇幻作品，而在華語世界則一直有著仙俠神魔，諸般元素共陳的奇思妙想。遠從六朝志怪以來，對異世界的想像與好奇，一直都是小說的重要核心。六朝志怪記錄了多種多樣光怪陸離的妖異現象，但大多只是零碎記載，缺乏文采。唐傳奇則在志怪小說的基礎上，進一步「假小說以寄筆端」，雖是傳奇，實則寄寓的是現實世界的諸多感慨。

此後，小說中的奇幻世界越發浩瀚，想像越出越奇，於是我們有了西遊記、封神榜、聊齋誌異，越到後來，單純的武俠或神怪世界已經不能滿足讀者獵奇的心理，於是創作者推陳出新，將各種題材的小說匯於一爐，多種願望，一次滿足，因此有了七劍十三俠這

類劍俠故事的出現。時間流轉至當代，因應讀者群眾的變化，以及讀者心理的轉變，在傳統敘事中多以家國為重的仙俠故事，轉而加入愛情的元素，側重個人生命的成長與變化，家國色彩因此淡化了許多，從而開展出不同既往的敘事模式。

　　「想像」一直以來都是文學的生命之源，詩詞歌賦是如此，小說戲曲更是如此。因為有大膽的「想像」才能讓文學之渠保有源源不斷的活水注入，也因為有「想像」的存在，各種題材和體裁的界線才能被打破，豐富了文學世界的多樣面貌。但單單只有「想像」容易淪為空想，其實不足以成事，還必須有足夠的積學相襯，此呼彼應，才能有化學變化產生。正如孔子所言：「學而不思則罔，思而不學則殆。」學思並重不僅僅是儒家成聖修養所必須，也是研究、創作的不二法門。想想看，若是沒有世情小說、才子佳人小說以及歷代文學的種種養分，曹雪芹如何寫得出曠古絕今的紅樓夢？同樣的，若是沒有前代志怪、神魔、英雄、歷史各種題材的積累，劍俠小說也不可能憑空出現。所有的「創新」必然都是站在巨人的肩膀上，才可能有那瞬間閃過，劃破黑夜的燦爛火花，文學是如此，科學也是如此。

　　曾經有一句知名的廣告詞說：「科技始終來自於人性。」一語道破科技發展的規律。同樣的，文學的發展也離不開「人」，創作者是人，閱讀者是人，批評家也是人，因此文學的創作與評賞就不可能離開「人」的因素。不管是東方的神魔、仙俠小說這樣架空時代，充滿虛構想像的故事，或是像西方外星人、機器人、吸血鬼、殭屍到處串場的科幻、奇幻故事，到最後都必須歸結到「人」的身上，儘管主角不是人，敘述的也不是人的世界，但講的終究是人情

物理，正如前人對唐傳奇的評語，「作意好奇，假小說以寄筆端」。不論小說內容如何荒誕不經，最終映射的都是我們對現實人世的不滿與期待，也之所以，西遊記和聊齋寄寓著作者的深重情感，也因此取得了不朽的藝術生命。在這點上，當代的華語奇幻文學，或許還有很多努力的空間。

張博鈞

導讀　從游俠到劍仙

　　自從韓非子在他的書中首次對「俠」進行公開評論，「俠客」這個身分就一直以一種有別於文人、世人的特殊形象，長期存在於古典文學傳統之中。儘管在韓非子的評論裡，所謂的「俠」其實充滿了負面意涵，在韓非子眼中看來，「俠」不過就是私自夾帶武器、標新立異以求揚名、憑藉武勇，干犯禁忌的麻煩人物，對於社會秩序的穩定來說，不僅沒有任何幫助，反而會形成阻礙，所以是需要約束禁管的一群人。但在動盪不安的亂世裡，在中央集權的社會中，當人民遭受苦難，往往也是這些泯不畏死、千里誦義的俠客才能突破高壓的圍困，為平民百姓鳴不平、紓悲憤，因此太史公司馬遷在史記中特立游俠列傳來記述、歌頌他們的事跡。

　　這些游俠故事雖然引人注目，但他們與後世武俠小說中飛天遁地、武藝過人、內功精強的俠客其實還有很大的一段距離，甚至比之於水滸傳中的綠林好漢都尚有不足。在古典文學作品中，開始大力強調、渲染俠客過人的武藝，其實要從唐代傳奇算起。在原本的游俠、豪俠、少俠之外，「劍俠」在唐傳奇中逐漸嶄露頭角、異軍突起，而在俠之前冠以「劍」字，也可見對這類俠客武藝的突出與重視，著名篇章如虯髯客傳、崑崙奴、聶隱娘以及紅線傳等，其中聶隱娘和紅線還堪稱是武俠小說中所有女俠形象的祖師奶奶，可見唐傳奇在武俠小說史上別開生面的開創性。

　　唐代劍俠身分多樣、形象各異，但共同的特徵則是具有堪稱是特異功能的過人武藝，比如聶隱娘不僅武功高強，還能變化為蟻螻之類的小蟲，她的師父甚至還能劃開隱娘大腦，將匕首藏匿其中，以利她隨時取用，簡直可以說是孫悟空七十二變和如意金箍棒的前身了。根據學者的研究，唐代劍俠的出現與道教文化有著千絲萬縷

的連繫，因此紅線施展神行術之前須在額頭上書太乙神名，聶隱娘將紙馬幻化為黑白坐騎，也有似道教玄術，此外，她們倏忽來去、神出鬼沒的行事風格、濃厚的命定思想，其實也都深受道教文化的影響。凡此種種，都在小說史發展的長河中，涓滴細流，分毫不失地滋養著後代小說的血脈，七劍十三俠正是在這樣的養分滋養下，綻放出來的一朵有關劍仙、俠客的異樣之花。

　　七劍十三俠一書又名七子十三生，七子指的是玄貞子、一塵子、飛雲子、霓裳子、默存子、山中子和海鷗子；十三生則是凌雲生、御風生、雲陽生、傀儡生、獨孤生、臥雲生、羅浮生、一瓢生、夢覺生、漱石生、鵾寄生、河海生和自全生。七子十三生中以玄貞子和傀儡生的道術最為精妙，因此在兩次破陣的情節描寫中，都是以這兩人為主。由於七子十三生個個劍術高妙，各有絕技，又能御風飛行，神出鬼沒，一出場簡直秒殺一群貪官汙吏、土豪地痞，若是以他們做為主線描寫，可能很多劇情都無法延伸，所以作者在小說敘事上另外安排了十二英雄，即徐鳴皋、徐慶、羅季芳、慕容貞、狄洪道、王能、李武、楊小舫、包行恭、周湘帆、徐壽和伍天熊。十二英雄個個都忠肝義膽，豪氣干雲，也都有超群的武藝，他們大多與七子十三生有師徒關係，如徐鳴皋、徐壽師從海鷗子，徐慶師從一塵子，習得初級劍術之後，武功便高出一般人許多。

　　也之所以，為了敘事需要，作者結合傳統英雄故事與劍俠傳奇，情節進行以十二英雄為主線，避免了劍仙與豪強武力懸殊的問題，七子十三生便退居二線，只在十二英雄落難，性命攸關的時刻，或是敵我交鋒的關鍵時刻，七子十三生才會現身相助。功成之後便又飄然遠去，體現出不居功、不慕榮利、雲淡風輕、瀟灑飄逸的劍仙形象。所以，書名雖然著重在七子十三生，但情節主要是由十二英雄在推進。

七劍十三俠的劇情重點主要圍繞著明朝武宗年間，寧王朱宸濠之亂而展開。在十二英雄四處打抱不平、鏟奸除惡的過程中，逐步披露寧王圖謀奪位的狼子野心。整部小說的內容乃是「據原史而增撰之」，因此全書的重大關節往往於史有據，相關的重要人物大多也能在史傳中尋得其名，如楊一清、王守仁等，敘事基本上不違背史實。但小說畢竟是小說，做為一部結合了武俠、劍俠與歷史演義的小說，七劍十三俠在史實的基礎上，以作者的想像力虛構了許多情節，讓讀者既能看到水滸傳的快意恩仇、英雄俠義；又能看到三國演義的運籌帷幄、戰場廝殺；也能看到封神榜的神裡乾坤、仙家妙術。情節緊湊，令人目不暇給，無怪乎能在初集六十回出版之後，再有二集、三集接連問世，成就一部一百八十回的皇皇鉅著，可見當時受讀者歡迎的程度。七劍十三俠雖然堪稱集歷代劍俠小說之大成，為後代武俠小說、劍仙小說開啟了新的方向，但整體來說，還是有其缺點存在，如書中屢屢出現的宿命論、天命思想、部分情節的重複和模仿，都一定程度損傷了這本小說的文學價值。

　　最後，不免俗地要向讀者說明一下本書改寫的方向，由於七劍十三俠人物繁雜、卷帙浩繁，改寫上自然有刪減的必要。筆者考慮到本書以劍仙為明顯特色，改寫時也想著意呈現劍仙鬥法之奇幻，因此順著小說的敘述主線，在十二英雄中挑選徐鳴皋做為主軸，改寫的敘事便以他為中心，其餘角色的事跡擇要夾述。在情節的去取上，以劍俠情節為

優先，因此重心放在七子十三生與寧王陣營兩次的破陣鬥法。破了非非大陣，斬殺徐鴻儒之後，寧王造反失敗已是必然之事，小說後段的劇情只是鋪敘對寧王的征剿，劍仙色彩少了許多，因此改寫時只有簡單一筆帶過。

最後的最後，老話一句，希望大家能喜歡這一套書喔！

寫書的人
張博鈞

畢業於臺灣師範大學國文所博士班，目前在師大、世新、行天宮社會大學等機構和大家教學相長。博論鑽研於詞，但因性喜小說，所以經常撈過界。尤其喜歡將各領域知識融進故事情節，豐富人物特色、故事情節的作品，比如曹雪芹的紅樓夢，比如金庸的武俠小說，比如朱少麟的傷心咖啡店之歌、燕子之類的作品。星座是射手座，卻沒有一點冒險犯難的精神，倒是有射手座莽撞的天真。喜歡冬天的寒冷，討厭夏天的悶熱，喜歡喝茶的悠閒，也喜歡喝咖啡的從容，喜歡讀詩，也喜歡讀詞……，還有其他喜歡的，一時想不起來。

七劍十三俠

目次

七劍十三俠

楔子

鐸，鐸，鐸，深夜的梆子聲響了三響，本就一片寂靜的南昌城，在更鼓敲過之後，更是靜得出奇。那種安靜是看似和暖的春日裡，乍暖還寒、回馬槍似的料峭春寒；是沉靜闃幽的碧潭之下，隱隱迴旋的起伏暗潮，表面上看似一切如常，但空氣中每一個分子，其實都帶著躁動的不安。

一陣風過，原本斜照在院牆之上，昏暗朦朧的月光全然斂去。一片密雲掩去了三月下旬的殘月，原本晃動在一色水磨白牆上的樹影卻沒有消失，只是影痕變得重重疊疊，略見模糊。原來迴廊上掛著的一溜宮燈，依舊燈火通明，照得樹影參差，不似月光映照下那般明晰。迴廊盡頭，花樹掩映之中，一扇朱紅大門洞然敞開，溫潤的光芒從院子裡透了出來。那種光不似月光遍照般明亮，卻也沒有一燈如豆的晃動不安，而是沉穩如定石，八風吹不動的和煦光芒，在如斯深夜裡，冷冷靜靜的照亮院中雕梁畫棟，鑲金嵌玉的綺戶珠樓。

　　半敞的綺窗裡是錦繡堆就的一室華屋，屋中的擺
設件件精緻講究，華貴非凡，卻不見一絲一毫暴發新
榮之氣，顯見主人不僅家財萬貫，身分亦是尊貴無比。
屋中的梁柱無一不嵌著夜明珠，在夜裡散發著沉靜柔
和的光暈，一路延伸到內室。內室與外間的擺設同樣
講究，但講究之中卻隱隱有種僭越之感──雕鏤精細
的床上，掛著的竟是專屬帝皇的明黃色床帳，帳上精
繡著金龍盤飛，祥雲五彩。金龍繡得栩栩如生，極其
鮮活，光是看著，耳邊似乎就能聽到龍嘯之聲。床帷
在微風吹動下，明黃光影起伏晃蕩，金龍更彷彿隨時
就要從帳上掙脫，只需一個夭矯回身，便能破空飛去
似的。

　　一個腰圓背厚的高大男人站在床頭，頭戴冠帽，
身披袞龍袍，上面繡著的八爪金龍比床帳上的更為精
緻。夜明珠溫和的光芒映照在他的臉上，炯炯有神的
雙眼折射出一股勢在必得的狂亂，使得
他原本英挺的五官看起來竟有點猙獰。
他的手輕輕拂過衣袍上的龍紋刺繡，
掌心清楚的感覺到繡線的層次，他
深深吸了一口氣，深夜的微涼空氣
裡帶著點白日熏過的龍涎香氣息，
脹滿了他的胸臆──這口氣，悶著

的不只是他長久的等待，還包括他父祖四代被先帝成祖錯待的不甘。

男人名叫朱宸濠，是大明開國君主朱元璋的血脈，大明皇朝的宗室子孫，爵封寧王，封地南昌。但他知道他不應該只有這一方之地，這朱家的錦繡江山本來應該有一半屬於他，屬於他的父祖。當初太祖朱元璋傳位給皇太孫朱允炆，燕王朱棣不服，於是向寧王朱宸濠的高祖朱權借兵，打著清君側的旗號起兵造反。當時朱棣與朱權約定，事成之後兩人平分天下，共享江山。誰知朱棣即位後竟然食言爽約，將朱權改封在南昌，並派人長期監視，朱權因此抑鬱難平。

如今是時候了，該連本帶利將原本就屬於他的一切取回了，豎子朱棣後人的好日子也該過到頭了，也該讓他們嘗嘗被人長期監視那種如臨深淵、如履薄冰戰戰兢兢的感覺了。

「王爺。」低柔的聲音傳來，朱宸濠的笑容凝在嘴角，略帶不悅的眼神掃向聲音的來處。只見一個容貌溫婉的宮裝少婦躬身站在大理石屏風旁，神態恭敬而平和，儘管是如此深夜，她依舊行禮如儀，沒有絲毫馬虎。

「夜這麼深了，王妃還不安寢，到孤這裡做什麼？」朱宸濠沒有轉身，手仍然撫弄著衣袍上的龍紋

刺繡。

　　妻王妃看著寧王的穿戴，不由得在心中嘆了口氣，她與寧王成婚多年，如何不知曉王爺心事。近年來寧王明裡暗裡多方經營，在地方上積極拓展寧王府的影響力，在朝中則是結交朋黨以為障蔽，更不用說暗中招兵買馬、囤積糧草、武裝軍備等種種悖亂之舉。長年秣馬厲兵，期待有朝一日黃袍加身的榮耀，對帝位日積月累的執念，已經扭曲了這個男人的全部心智。古詩有云：「一將功成萬骨枯」，上萬枯骨，成就的不過是一個將軍的威名，那麼要成就一個男人稱帝的念想，將要付出怎樣白骨堆山，血流成河的慘痛代價呢？

　　「王爺，放下吧？妾身知道您為高祖受欺之事不平，但那已經是過去的事了，如今若是為了此事再起干戈，名不正，言不順，王爺您難免遭天下唾罵，妾身為王爺聲名考量，不能不……」

　　「住口！」妻王妃話未說完，朱宸濠一聲斷喝，截住了她的話。他回過身來，屋內的夜明珠映得他臉上的光影明晦不定，昏黃的光線裡，朱宸濠的薄唇勾

起冷冷的笑，語氣略帶嘲諷的說：「聲名？哼！成王敗寇，一旦他日孤身登大寶，大權在握，青史之上，孤說自己是一代明君，便是堪比堯舜的一代明君，漢武、唐宗也不過如此，妳區區一個閨閣婦人懂得什麼？來日本王登基，妳便是皇后，到時母儀天下，無比尊榮，妳還有什麼不滿意的？」

「皇后尊榮，妾身豈敢奢望。只盼王爺能顧念天下蒼生，萬勿為了一己私利，妄動刀兵，到時生靈塗炭，豈非置萬民於水火之中？王爺霸業若是能成，自然是幸，但若不幸兵敗，不只天下黎民百姓無端受災，王爺寸土未得，反倒連根基都要不保，到那時，妾身與府中姬妾亦難保命全身，就連王爺自己也難免殺身之禍啊！」為了勸寧王打消念頭，妻王妃此時已經完全豁出去了，就算是忠言逆耳，她也非說不可。

「置萬民於水火之中？王妃說的很是，那不正是今上在位所致嗎？朱厚照這廝才智昏庸，處事不明，不過是靠著父祖餘蔭登基，哪有什麼才能？如今天下不安，孤高舉義旗，弔民伐罪，拯救萬民於水火，豈非大仁大義之舉？」朱宸濠大袖一揮，豪氣橫生，傲然道：「孤王麾下雄兵百萬，猛將如雲，更有余半仙兄妹奇術相助，怎會兵敗？」

朱宸濠拉著妻王妃站到陽臺上，指著寧王府離宮

內外說道：「別的不說，單看孤王這離宮建造何等精奇，王妃只怕還不知道吧？此宮共計八門，處處皆有機關設計，若誤入一門，必遭慘死。所謂八門，乃是天、地、風、雷、山、澤、水、火，各依八卦相生相剋而建，天門按乾卦，地門按坤卦，依次類推。由八門還可變為六十四門，即據六十四卦而來。天門設有寶劍四口，若觸動機關，難逃寶劍洞穿之禍。地門箭矢無數，假使誤入，教他萬箭穿心而死。種種機關、暗器，不一而足，八門若被攻破，內還有六十四門，皆藏有強弓、硬弩，誤入一門，便萬弩齊發，斷不能逃走出來。就算沒有觸動機關，到了裡面，也必然迷失道路，只因其中周轉曲折，路徑盤旋難認，稍不小心，走錯方向，機關必然觸動。王妃細想，誰能攻得下來？」

看著離宮各處明滅不定的燈火，朱宸濠只覺這天下已在他掌握之中，他不可一世的說：「孤麾下延攬的能人異士之多，豈是朱厚照那廝能比的？有他們相助，天下必然得定，大業必然能成，王妃又何必多慮！」一番說得他志得意滿，朱宸濠忍不住笑了起來，夜風之中，他低沉的笑聲遠遠傳了出去。

婁王妃看著眼前張狂大笑的男人，內心一片冰涼，來日大禍就在眼前，她卻無力阻擋，面對強大的命運，

人的力量竟是如此微不足道嗎？滿心絕望之下，旭日初陽投射在她的眼前，曙光映照中，她彷彿看到熊熊烈火吞噬了整座離宮，什麼建造精奇，機關暗器都抵擋不住來日平叛的大軍，一切的一切，都將消融在那一片赤色血紅之中……。

楔子

第一章 劍仙

善似青松惡似花，青松冷淡不如花。
有朝一日濃霜降，只見青松不見花。

淮左名都，竹西佳處，春風十里揚州路。

揚州，自唐時便號稱「富甲天下」，不僅風光秀麗，更是富庶繁榮，多少文人墨客著迷於它的風姿，在此留連忘返。古人曾有詩云：「腰纏十萬貫，騎鶴上揚州。」竟將羽化登仙與卜居揚州相提並論，由此可見，這揚州勝景該是何等的引人入勝。

此時，揚州城東門外一處軒昂寬闊的莊園裡，有個男子手持酒杯，口中也正翻來覆去的念著這兩句詩。此人名叫徐鶴，字鳴皋，五官俊秀，唇紅齒白，身形

偉岸，最難得的是他家中豪富，為人又英豪爽朗，廣結善緣，因此四方聞名，有許多寒士前去投奔，數年下來，門下食客竟也有數百之眾，因此揚州人都戲稱他為「賽孟嘗」。

徐鳴皋天資穎慧，幼時就曾聽人說起劍仙御劍飛行、撒豆成兵、移山倒海的諸般本事，還有雲遊四海、行俠仗義、斬妖除魔的種種事跡。那些千變萬幻的術法，驚心動魄的對決，在幼年的徐鳴皋心中留下了極其深刻的印象，讓小小年紀的他不禁心生嚮往，就盼能學得劍仙奇術。可惜機緣難逢，劍仙更是難得一遇，徐鳴皋也知道這等心願可遇不可求，於是退而求其次，只是習練武藝，強身健體，聊作慰藉。

也是天緣湊巧，自徐家發家致富，富甲揚州之後，眾多聞名來投的食客中，竟有個山西來的遊方道士，俗家姓蔡，道號海鷗子，生得眉清目秀，仙風道骨，尤其那一雙眼睛炯炯有神，溫潤生光，一見即知不凡。當日他孤身一人翩然來到徐家，背上負著一口寶劍，手執拂塵，超然脫俗，形貌與那畫上的呂洞賓差相彷彿。徐鳴皋也是見過世面的人，知他必有來歷，便將他留在書房中，特命小廝徐壽仔細伺候，閒來無事就與他談方論道，言談之間，更覺這海鷗子氣度高華，見識不凡。只是徐鳴皋幾次向他探問劍術之事，海鷗

子都顧左右而言他，未曾鬆口，徐鳴皋只覺自己沒有仙緣，心中雖然微有失落，倒也不生怨恨，仍舊將他奉為上賓，殷勤款待。

如此過了大半年有餘，這天徐鳴皋獨自一人在花園中自斟自飲，想起前人舊句，不禁感嘆：「若真能得修仙飛升之福緣，腰纏十萬貫又何足道哉！」話聲才落，就聽得花叢中傳來一陣爽朗的笑聲，徐鳴皋抬頭一看，竟是海鷗子從花叢中走出來，只見他衣袂飄飄，身上雖然仍是當日來投時穿的那襲舊道袍，整個人卻是神采奕奕，絲毫未見鄙陋之感。

「公子真是解人，世人無不陷溺於利祿二字，不想公子竟有如此心志。」徐鳴皋見是海鷗子，知道他聽到了自己的感嘆，生怕他以為自己對他不傳劍仙之術心有怨忿，臉上神情不由得有些窘迫，忙道：「道長過譽了，徐某淺陋愚昧，豈敢妄言心志。」

海鷗子見他神色有異，也知他心意，當即笑道：「貧道在此居住已有半載，承蒙公子厚意，不勝感激，如今因想去尋個道友，千山萬水，後會難期，故特來向公子告辭。」

徐鳴皋聽他突然說要走，更以為海鷗子對他產生誤會，心下不由得沮喪，他生性坦率，便直接說道：「道長，徐某雖然心慕劍術，但也知道自己天資不足，

福緣淺薄，所以未蒙道長青眼，徐某心雖有憾卻未曾生怨，道長若是……。」

「公子多慮了。」徐鳴皋話未說完，海鷗子便出聲打斷他，他撩開道袍下擺，逕自在徐鳴皋對面坐下，拿了酒杯替自己斟了一杯酒，隨即一飲而盡，笑道：「貧道在此一住半年有餘，早知公子仁義過人，為人忠信，豈會做如是想，公子未免太小看貧道了。」徐鳴皋聞言搔搔頭，也覺得自己如此設想太過小家子氣，不禁赧然一笑。

海鷗子在徐家住了許久，深知徐鳴皋為人，也知他心慕劍術已久，如今臨別在即，他也不再隱瞞，坦然說道：「貧道承蒙公子青眼，禮敬有加，也深知公子心願，只今不日就要遠去，有意將些許小術傳授予公子，不知公子意下如何？」徐鳴皋聽海鷗子有意傳他劍術，心中不禁一陣狂喜，胸口彷彿要炸開來一般，當即跳起身來，對著海鷗子納頭便拜，就要行拜師之禮。海鷗子手中拂塵輕輕一揮，托住了徐鳴皋的身子，瞬間阻住他下拜之勢。徐鳴皋身長七尺，重逾百斤，在海鷗子這渾若無事的一揮之下，全身竟似動彈不得，愕然之下，不由得望向海鷗子，吶吶言道：「師父……。」

海鷗子笑道：「休急，且不忙著拜師，貧道有些事還須向公子分說明白。」說話間他已將拂塵收回，徐

七劍十三俠

鳴皋身上那股無形的阻力乍然消失。海鷗子接著說道：「貧道在此一住半年，明知公子心慕劍術已久，卻絕口不提此事，現今既要離開，卻又提起此事，公子就不覺得有異嗎？」

徐鳴皋聞言一愣，只道：「弟子先前只道自身無福，又兼資質駑鈍，是以道長不願賜教，難得道長鬆口，大喜過望，豈敢多疑。」

海鷗子點頭笑道：「是了，你生性實誠質樸，自然無疑，只是貧道卻不能不將話分說明白。之前貧道之所以不願自承來歷，一則有察考公子為人之意，一則也是因為公子宿緣所牽，貧道雖然可以傳授你諸般武藝、內功心法，乃至輕功、飛行之術，但那劍仙劍術一道，於公子卻是無緣。」

徐鳴皋聽了這話，人都傻了，滿臉不解之色，海鷗子知他內心充滿疑惑，繼續說道：「公子曾聽人說起劍術奇幻，因此心生嚮往，卻不知此道並非武藝，乃是修仙之道。劍術修仙，實非易事，須先將『名利』二字置之度外，拋家棄子，散盡家財，斷絕俗緣，隱居深山，而後養性煉氣，採取天地精華，煉成龍虎

靈丹，進而煉丹成劍，方算初成，欲到如此境界，非只數年之功。煉丹成劍之後，再學搓劍成丸之法，須將那三尺龍泉寶劍搓得如一粒彈珠大小，然後再學吞丸之法，不只口內可以吞吐出入，就是耳鼻七竅，皆可隨心所欲，劍術才算成功，而且如此，也不過是初初有成而已。」

見徐鳴皋聽得暗暗點頭，海鷗子接著說道：「劍仙修道欲有所成，須得廣行善舉，累積一千三百樁，才能略有所成。因為此事艱難，所以便有人去走那旁門左道，你只看天下那些採陰補陽的邪魔歪道，都是因為妄想長生，但到了後來反而不得善終，這都因他們未曾立下為善根基，竟去行那淫穢之事，最終害人害己，欲想長生，恰足以喪身。所以說修仙之道，若是煉造黃白之丹，點鐵成金，為的是將來濟世助人；若是煉劍丸之術，則要鋤惡扶良，救人危難，都是要以善為先，方能立得神仙根基。但是有一件重要：有善舉卻不能有善名；若有了善名，就不算數了。所以說起修仙之道，如今公子名聞四海，反倒是壞處了。」

徐鳴皋聽他娓娓說來，忙道：「弟子一心嚮慕劍術，竟不知其中有若干曲折，只是弟子雖然家財萬貫，略有微名，卻非嗜財如命，博求名聲之人，若能有修仙之分，就算是棄家隨師而去，也是心甘情願的。」

海鷗子搖了搖頭，笑道：「貧道豈不知公子並非執著世間財貨名利的俗人，但這世上有些事不可強求，有些事也不是公子不想要便可以放棄的。貧道說公子為宿緣所牽，原因便是在此。公子塵緣未了，日後在這滾滾紅塵中尚有大名大利，並非公子說拋棄便能拋棄得了。況且名利之外，你尚有姻緣之分，這些都是公子的俗緣，都是拋躲不得的。」

徐鳴皋聽海鷗子如此說，不由得大失所望，滿是遺憾的說道：「果然弟子是無此福分的。」

「哈！哈！哈！公子如此福緣厚祿，天下間不知道有多少人求之不得，公子反倒如此遺憾？讓旁人知道了，只怕要啐你一口呢。」海鷗子大笑說道：「不過公子也毋須這般失望，你雖於劍術無緣，但若有意修仙，只要在世間多行善事，累積福報，最終殊途同歸，也可算是修仙之輩。」

徐鳴皋聽了這話，茅塞頓開，當即拜倒，向海鷗子拜了三拜：「多謝師父提點，還請師父指點弟子武藝。」海鷗子見他胸襟開闊，毫不拘執，心中也甚是喜歡。兩人當下定了師徒名分，海鷗子便將一身武藝、兵法韜略與內功心法盡皆傳授予他。徐鳴皋本就武藝嫻熟，加上天資聰穎，專心致志，在海鷗子的點撥之下，不出三月，已將師父所傳大致通曉，武功較之以

往已然判若兩人。

「鳴皋，為師所傳，你已盡皆知曉，輕功飛行之術，也大略過得去，只要用心習練，日後自然精熟。為師這兩日便要動身去尋訪道友，有幾句話囑咐你。」徐鳴皋見海鷗子神色鄭重，當下不敢輕忽，仔細聆聽。

「你如今武藝有成，遇事須得小心仔細，不可莽撞，尤其不可任意殺傷性命。須知天外有天，切莫妄自尊大，自招禍患。」

「師父訓示，徒兒不敢不遵，只是相聚時短，盼師父能多住一些時候，也好讓弟子稍盡孝敬之心。」徐鳴皋有些不捨的說。

「你的心意師父明白，只是我們道友七人，皆是劍客，平時遊方各處，行蹤不定，但每年必要聚首一次，痛飲沉醉一番，再約來年之期，定約之後，天各一方，雖是萬里之遙，到了約定之日，卻沒有一人不到，現下今年約定之期已近，為師必得前去。」原來海鷗子有道友六人，道號分別喚作玄貞子、一塵子、飛雲子、霓裳子、默存子、山中子，均是道術深厚的劍仙一流人物，平時都在各處行俠仗義，難得聚首，海鷗子心中也是掛念得緊。

「師父既如此說，弟子也不敢再留，這就吩咐下人為師父準備盤纏。」徐鳴皋說著便命人去備辦行路

七劍十三俠

之物。

「盤纏什麼的倒也罷了，只是這小僮徐壽服侍了為師這些日子，我倒也慣了，這次有意帶他同去，路上也可教他些武藝，不知賢徒意下如何？」海鷗子手指身邊的徐壽，笑著問道。

說話間已有徐家傭僕送了一個衣包過來，徐鳴皋將衣包交給徐壽，道：「師父既如此說，你便跟著師父去，這是你的福氣，要替我好好孝敬師父。」徐壽聽說，向徐鳴皋拜了三拜，便跟著海鷗子去了。徐鳴皋還待去送行，誰知一陣風過，眼前已不見海鷗子與徐壽身影。

這是徐鳴皋第一次見到海鷗子施展奇術，心中既是嘆服又是羨慕，只可惜自己塵緣牽繫，無福修習劍術。但他畢竟是個曠達之人，深知人各有各的緣法，因此也不執著，略感遺憾後，便收心將海鷗子教授的武藝反覆鑽研。如此一年過去，徐鳴皋越練越有心得，武藝日漸純熟，就連輕功飛行之術也逐漸上手，飛簷走壁也難不了他，何況是一般的搏擊之術。

第二章 不平

　　自海鷗子離去之後，徐鳴皋潛心武藝，不覺已是兩、三年過去，轉眼又是鶯飛草長的暮春天氣。徐鳴皋有個結義兄弟，名喚羅季芳，性格莽撞，略有些呆氣，卻是當年新科的武進士。逢此喜事，徐鳴皋與另一位結義兄弟江夢筆有意為他慶賀一番，便結伴來到揚州城中的鶴陽樓。

　　鶴陽樓不愧是揚州城著名的酒樓，雕梁畫棟，美景如畫不說，就連飲饌酒食，零嘴細點都是無一不精。徐鳴皋三人在酒樓上說笑暢飲，何等開懷，到得杯盤狼藉之際，三人酒意都已有了七、八分。此時，忽聽樓下街市上傳來擾攘之聲，人聲吵雜中似乎伴隨著幾聲女子呼救的嬌柔嗓音。羅季芳雖然為人莽直，偏又是一等一的急公好義，才聽到幾聲尖叫呼救，二話不說便飛步下樓去探個究竟。

　　徐鳴皋來不及拉住他，只得推開窗向樓下張望。樓下人煙稠密，來來往往，擁擠不堪，就算徐鳴皋眼力再好，一時也看不出個所以然來。他擔心羅季芳魯

莽吃虧，又知<u>江夢筆</u>不諳武藝，遂交代他道：「三弟，你在這裡等著，不要下樓，我去瞧瞧大哥，立刻就回來。」

<u>江夢筆</u>雖然生得文弱，人卻十分精明細緻，立刻說道：「二哥不必擔憂，小弟就在樓上坐著，不論街上出什麼事都波及不到，二哥只要留心大哥就是了。」<u>徐鳴皋</u>知道他為人妥當，也不多說，三步併作兩步，轉眼就到了酒樓外頭。酒樓外人聲擾攘，人群之中停著一頂轎子，六、七個魁梧大漢分散在兩邊，轎旁一個女子跌坐在地。那女子生得花容月貌，此時雖然鬢髮散亂，額角帶著血汗，依然不掩國色。她滿臉驚恐，口中連呼救命，幾個大漢也不管眾人圍觀，伸手就去拉扯那個女子。

「娘子！」此時一個男子慌忙趕到，渾身是傷，與那女子同樣是一身的狼狽。他見了那女子這般情狀，忍不住哭喊出聲，衝上前去護住了妻子，任憑幾個大漢怎樣拉扯，夫妻倆只是緊緊抱住彼此，死也不肯分開，兩人惶懼無策之下，不由得痛哭起來。

<u>徐鳴皋</u>認得那男子是本地秀才<u>方國才</u>，常聽人說他妻子貌美非凡，今日一見，果然不錯。只是依照眼下這個情況看來，分明是有人見色起意，強搶人家妻小。他眼神一轉，看見幾個大漢都瞧左邊一個黑壯漢

子的眼色行事，心中便知曉了幾分。徐鳴皋還來不及說話，羅季芳已經一個箭步上前，伸手格開了幾個拉扯方國才夫婦的大漢，幾個大漢一向橫行慣了，哪容人阻擋，袖子一捲就要上前動手，徐鳴皋知羅季芳雖是新科武進士，終究雙拳難敵數手，當即喝道：「且慢動手！光天化日之下，劫人妻女，是何道理？」

幾個大漢聽見有人叫喊，回頭一看，見是人稱「賽孟嘗」的徐鳴皋，他們也知他不好相與，彼此遞個眼色，一時都收了手，其中一個大漢陪笑向徐鳴皋說道：「徐大爺有所不知，這個人欠了我家主人二百兩銀子，如今欠條到期了卻還不出來，所以暫時拿他妻子做個抵押。我們受人之託，忠人之事，還望徐大爺不要插手才好。」

徐鳴皋緩步走到街上，冷笑道：「豈有此理！既是他欠你家主人銀兩，你主子大可報官追繳，哪有強搶他人妻女做抵押的道理？」方國才見出言干涉之人是徐鳴皋，心知他是個仗義疏財，扶危濟困的英雄豪傑，連忙上前說道：「徐英雄休聽這些惡奴胡言亂語，在下不曾向他家主子借錢，分明是他家主子覬覦內子美色，叫府中門客花省三模仿在下筆跡，假造借據，意圖不軌。」

「他家主子是誰？」徐鳴皋的眼光往一旁的黑壯

大漢瞄去，心想只怕就是此人。就見他一臉不忿，若不是身邊有人拉住，只怕隨時要衝上前來。方國才還來不及回答指認，羅季芳已經在一旁冷笑道：「我道是誰，原來是李文孝這王八，早知道他是個姦淫擄掠，無惡不作的混帳，這下可好，連這等下三濫的齷齪事都做得出來，當真是不要臉面了。」

那李文孝被人這樣當面辱罵，如何還忍得住，舉起拳頭便往羅季芳面門打來。徐鳴皋看他出拳抬腳，便知道此人頗有些修為，羅季芳只怕不是對手，他有心要試試海鷗子教給自己的本領，於是便斜身而上，喝道：「早就聽說小霸王的名頭，今天倒要試試你的手段！」二話不說，兩人已經鬥在一起。

徐鳴皋接過了李文孝的拳招，羅季芳也不去糾纏，跳起身來就向其餘四個大漢打去，一時街心亂成一團，方國才夫婦趁亂逃回家去也沒人阻擋。徐鳴皋使出海鷗子所授武藝，當真是勇猛如虎，迅捷如豹，身輕如燕，靈動如猴，打得李文孝只能招架，無力還手，他知道自己若是空手，必然敵不過徐鳴皋，因此奮力架開一招，回身抽出

腰間所繫的七節鞭，急甩而出。

　　誰知徐鳴皋不避不讓，一個踏步上前，竟然空手來奪他的七節鞭。李文孝大吃一驚，連忙退了一步，七節鞭甩得又急又狠，卻只能緊緊守住門戶，絲毫未能反擊。徐鳴皋存心要試試自己這些年的進展，因此仍是空手與他相鬥，兩人鬥了不過數合，李文孝逐漸不敵，回頭看見羅季芳打退了李家的家僕，大喝一聲，躍上前來助拳，他更添怯意，早已無心戀戰，伺機便要退走。徐鳴皋見他眼神閃爍不定，早已猜知他的心意，心想鬥到此時，豈容他全身而退？這個念頭才在腦海中閃過，徐鳴皋猿臂長舒，已將鞭梢捉在手中，他用力一扯，輕易便將李文孝這樣一個大漢拖倒在地。

　　羅季芳生平最恨這等欺壓良民之人，硬是上前將他狠狠打了一頓，直打得李文孝出氣多，入氣少，方才罷手。徐鳴皋讓羅季芳出完了氣，才對躲在角落裡的李家家僕喝道：「還不把你家主子抬走，留在這裡，沒的髒了人家做生意的地方！」幾個家僕被徐鳴皋一喝，連忙上前抬起自家主子，張惶逃逸。

　　「這廝雖然咎由自取，但大哥如此重手，只怕李家不會善罷干休。」江夢筆見事已了，走出來說道。

　　「怕他不成！他們李家要想善罷，我老羅還不肯干休呢！」羅季芳武藝雖然未必是天下第一，但這渾

身天不怕地不怕的膽氣，只怕也沒幾人能及得上。徐鳴皋、江夢筆對看一眼，都搖搖頭，也不多說什麼，反正他們早對李家的霸道行徑不滿已久，若是他們上門尋釁，正好趁機為鄉里除害。

如此安靜了幾日，這天三人正在院中議論新聞，說起蘇州玄都觀最近設立了一個百日擂臺，廣邀天下英雄前去挑戰。羅季芳聽說有擂臺可打，興高采烈，江夢筆卻知這擂臺乃是寧王奏請當今天子而設，表面上是為朝廷選拔英雄，實際上是想暗中收羅心腹。三人正在議論此事，忽聽門房通報有人前來拜莊，三人聽說是兩個男人，勁裝結束而來，心中不由得暗暗戒備。

徐鳴皋將人延請入內，五人分賓主坐下，這才細細打量來者面貌。只見其中一人年近三十，生得唇紅齒白，眉清目秀，相貌斯文，一身秀才打扮，氣質儒雅溫和；另一人年紀稍輕，生得修眉長目，鼻正口方，舉止看似粗率，實則豪氣內蘊。五人萍水相逢，卻是一見如故，相互通過姓名，只覺相見恨晚。

原來這秀才打扮的男子複姓慕容，單名一個貞字，

江湖人稱俠盜一枝梅，那神出鬼沒的手段著實非同尋常。另一人姓徐名慶，原是官家公子，乃唐朝徐敬業的後裔，家中因被奸臣所害，竟被滿門抄斬，只有他和表兄弟伍天豹、伍天熊逃了出來，不得已在揚州城附近的九龍山落草為寇，雖說是強人盜匪，卻不曾騷擾地方，反倒劫富濟貧，因此也頗有俠名。

近日伍天豹因與李文孝鬥毆，被他的七節鞭打中，重傷而亡，伍天熊下山為兄報仇，徐慶唯恐兄弟有失，循線而來。誰知兄弟不曾遇見，也沒聽說李家有人上前尋仇，卻在路上結識了慕容貞，兩人久聞賽孟嘗之名，又聽說徐鳴皋與李家有隙，因此前來拜訪。五人都是血性漢子，彼此意氣相投，越說越是投機，當即擺起香案，約為兄弟。徐鳴皋殷勤留客，徐慶雖有心要去尋訪兄弟，但徐鳴皋等人堅持不允，又想伍天熊必是走錯了路徑，遲早會找回揚州來，他在此守候，方是正理。

相聚數日之後，羅季芳念著蘇州的百日擂臺，意欲前往，徐鳴皋與徐慶也想去看看這個熱鬧，江夢筆與慕容貞卻沒這個勁頭，徐慶便託兩人注意伍天熊的消息，代為照應，一行三人，搭船往蘇州而去。

不日來到蘇州，眼見街市繁華，人煙稠密，比起揚州城來，又是一番富庶氣象。饒是徐鳴皋見多識廣，

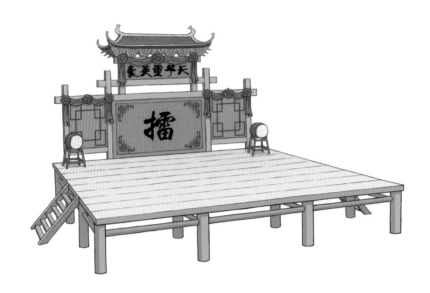

此時也不禁讚嘆：「難怪人家說：『上有天堂，下有蘇杭。』這蘇州的熱鬧，比起揚州來真是有過之而無不及啊！」

「管那些閒熱鬧做啥？還是打聽擂臺的路徑要緊。」羅季芳生怕錯過了熱鬧，向路人問明道路，二話不說，拉著徐鳴皋與徐慶就往玄都觀的方向跑。越往玄都觀去，街上越發擁擠，好不容易擠了進去，三人抬頭一看，眼前已經搭起一座高一丈二尺，寬五、六丈見方的擂臺，臺上張燈結綵，上面一塊牌匾，寫著五個斗大的字：「天子重英豪」。

三人還來不及站穩腳步，就聽見三聲炮響，一群侍衛簇擁著關主上臺。徐鳴皋聽旁人議論，知道此人

名叫嚴正方，武藝超群，少年時曾任頭等侍衛，空手搏虎殺熊都不在話下，因此寧王千方百計將他羅至麾下，改名嚴虎，視他為心腹，今日命他為關主，實有廣搜人才之意。

當嚴虎在臺上說明規則時，徐鳴皋眼觀四面，耳聽八方，只見擂臺右側高樓上，有一人身著蟒袍，坐在上首觀看，他定睛一看，竟是寧王殿下。徐鳴皋也知擂臺是寧王請旨擺下，卻不曾想他會到此坐鎮，可見用心非同小可。尋思之間，已有數人被嚴虎從擂臺上打下，那嚴虎本領高強，心性狠辣，全不管比武較藝理應點到為止，竟是有心炫耀武藝，將這幾個人打得傷筋斷骨。

嚴虎如此張狂，早惹惱了臺下眾人，頃刻間就有一人躍上臺來，出手便向嚴虎打去。徐鳴皋聽旁人說此人是新科武舉，名叫金耀，倒也是忠良之後。只見兩人以快打快，轉眼交了二十幾招，徐鳴皋見嚴虎拳法謹嚴，金耀顯然不是對手，果然他念頭才剛轉過，嚴虎賣了個破綻，金耀一拳打去，反被嚴虎扭住身子。嚴虎右手兩指伸出，一招「雙龍搶珠」，朝金耀劈面點去。徐鳴皋暗叫不好，就聽金耀大叫一聲，跌下臺來，他雙眼鮮血直流，眼珠竟已被嚴虎挖去。

臺下眾人對嚴虎的張狂早就不滿，如今見他居然

辣手傷人眼目，更是不忿，紛紛喝罵起來。羅季芳在一旁看得火冒三丈，雙拳一擺就要上臺去理論，徐鳴皋忙拉住他，喝道：「呆子，你一雙眼珠也不想要了嗎？」羅季芳雖然莽撞，卻也並非痴傻，知道自己絕非嚴虎之敵，只是這口氣如何吞得下去，忍不住向徐鳴皋道：「二弟，依你看，若是你上去，可有幾分勝算？」

徐鳴皋略一沉吟，坦然道：「我的拳法或可勝他，但內力只怕不及。」徐慶與羅季芳一般義憤填膺，聽徐鳴皋自承內力不及，便道：「小弟看來也是如此。若說是小弟與那廝相較，輕身縱躍、取準功夫或可遠勝，但這拳法內力卻也不是那廝的對手。不過，我倒有個計較在此。」

羅季芳與徐鳴皋連忙追問，徐慶笑道：「這個計策不值什麼，說起來還有點偷雞摸狗，但那廝既然辣手無恥，咱們也不用跟他客氣。他既是關主，你我二人就與他車輪戰，饒他內力通天，咱們也有幾分贏面。」話才說完，就聽身邊喧譁聲又起，原來三人說話之間，金耀的師父已被嚴虎摔在臺下，頓時腦漿迸裂，一命嗚呼。

眼見嚴虎竟敢殺傷人命，徐慶不由怒從心起，顧不得商量個萬全之策，一個縱躍已來到臺上。他心中

既存了車輪戰的念頭，也不打話，劈面便向嚴虎打去。嚴虎連戰數人，都是贏得輕而易舉，此時接了徐慶一掌，覺得他掌力雄渾，雖然遠勝前面諸人，卻也不是他的對手，因此不免有些托大。徐慶一心要消耗他的內力，展開輕身功夫在嚴虎周身來去，嚴虎拳法雖高，輕功卻不擅長，但他內力驚人，一拳一拳打將出去，竟逼得徐慶無法閃避，非還招不可。兩人一來一往，已交了五、六十招，徐慶漸感氣力難支，嚴虎察覺對手力弱，一個駕鴦腿便將徐慶踢下臺去。若非他擔憂徐慶假意露出破綻，實則另有後著，不敢出盡全力，此時徐慶的右腿只怕已經骨折了。

徐慶見微知著，跌下臺後故意抱著右腿大叫，讓所有人都以為他腿腳已斷。徐鳴皋大怒之下，顧不得車輪戰占了多少便宜，飛身便向嚴虎打去。嚴虎見他拳勢凌厲，知是勁敵，側身一讓，同時也是一拳打出。徐鳴皋見嚴虎應變奇速，不等招式用老，立即變招，心下不敢怠慢，將拳招一招又一招遞將出去。兩人翻翻滾滾，轉眼已拆了百來招，只打得擂臺搖晃，錦旗飄揚，獵獵作響。

羅季芳與徐慶在臺下看得緊張不已，就見徐鳴皋與嚴虎交了一掌，下盤略有不穩，嚴虎哪肯放過這個機會，連環踢腿，就要將他踢下臺去。眾人見徐鳴皋

似乎要敗，都忍不住「啊」的一聲，轉眼再看，只見他站在擂臺邊緣，身子搖搖擺擺，看似站立不定，卻始終不曾跌下，反倒風姿瀟灑，態度閒逸，圍觀眾人放下心來，忍不住又「啊」了一聲。前後兩聲呼喚，一憾一喜，心情竟是迥異。

　　嚴虎也知徐鳴皋這手輕功有個好聽的名頭叫「風擺荷花」，想他必有異遇，若是久戰，只怕對自己不利，當下拉開架式，拳招急如暴雨，對徐鳴皋狠下殺手。徐鳴皋沒想到嚴虎內力深厚至此，久戰之下竟不見衰歇，只得勉力應戰。又鬥了一個時辰，兩人都已汗溼重衫，徐鳴皋畢竟年輕，修為不及，逐漸敗下陣來。嚴虎見有機可乘，使一招「獨劈華山」，正對徐鳴皋面門劈下，徐鳴皋避無可避，暗道：「不好！」眼看就要中招，誰知嚴虎拳到中途，竟然不直劈而下，反倒頓了一頓。高手過招，差之毫釐，失已千里，就在那一瞬的遲疑之間，徐鳴皋一招「脫袍讓位」，側身一讓，旋即一招「霸王敬酒」，朝嚴虎下巴打去，力道之猛，竟將他打下臺來，跌了個四腳朝天。

羅季芳衝上前去，提起拳頭在嚴虎身上就是一陣狠打，旁觀眾人見狀，也紛紛上去踹了幾腳。徐鳴皋正待上前制止，就聽寧王大怒，一聲令下，吩咐侍衛將他們一齊拿下。徐鳴皋知道寧王一番計畫盡付流水，必然不肯善罷干休，心想一不作，二不休，索性放開手一鬧，也好讓寧王有所收斂，便扯過擂臺的旗桿，與徐慶一人一旗，將寧王府侍衛打了個落花流水。

正鬧得不可開交之際，圍觀眾人四散奔逃，羅季芳心想既然要鬧，乾脆就鬧個底朝天。於是衝到擂臺邊，用盡平生力氣將擂臺的柱子一扯，只聽豁剌剌幾聲響，擂臺連著一旁的塔樓，像骨牌似的轟然倒塌，好些侍衛閃躲不及，當場被壓成重傷，叫喊聲此起彼落，不絕於耳。擂臺正中掛著的那塊「天子重英豪」的牌匾也「匡」的一聲掉在地上，當場斷成兩半。

第三章 出逃

　　一團混亂中，徐鳴皋見簇擁上來的侍衛越來越多，心想憑他與徐慶的武功，脫身倒是不難，但若要顧及羅季芳，只怕心有未逮，須得在大批侍衛趕到之前離去方為上策，因此大聲喝道：「此地不宜久留，快快退走。」徐慶聽到喊聲，一閃身便來到徐鳴皋背後，但羅季芳打得性發，竟沒聽見徐鳴皋的聲音，反而更向侍衛群衝去。

　　「那個呆子！」徐鳴皋暗罵一聲，雙足一點，就要施展輕功去拉羅季芳出來。誰知就在此時，大批侍衛趕到，人流前後交衝，已將羅季芳圍在中心。徐慶見勢頭不好，與徐鳴皋互換一個眼神，徐慶知他心意，連忙伸手拉住他，低聲道：「此時上前，只有白白受困，於事無補，不如靜觀其變，再圖救助。」徐鳴皋也知此理，見羅季芳被圍困其中，還在拳打腳踢，哇哇大叫，渾不知大難已經臨頭，他搖搖頭，在心中嘆了口氣，忍不住又罵了聲：「呆子！」

　　不到一天的時間，寧王請旨擺擂臺，壯聲威，卻

弄得關主重傷，擂臺倒塌，鬧得灰頭土臉，最終只捕得一個犯人的事就傳遍了整個蘇州城。寧王怒不可遏，下旨搜捕徐鳴皋、徐慶二人。蘇州大街上，一隊又一隊的侍衛來來去去，鬧得人心惶惶。寧王如此聲勢浩大，卻始終一無所獲，而唯一被囚的羅季芳又死不鬆口，不論多少刑罰加身，就是不認有其他同黨，氣得寧王在府中連連喝罵，反倒疑心這一切莫非是朝廷有意測試。

　　徐鳴皋與徐慶憑著絕頂輕功，避開了侍衛的圍捕，但王府搜查甚嚴，兩人便往城外人跡稀少的僻巷藏匿。徐鳴皋擔心羅季芳狀況，與徐慶尋思如何搭救，徐慶說道：「若是平日，只要花些銀兩，將蘇州府衙上下打點好了，自然也就無事，但如今風頭正緊，寧王本欲以此擂臺立威，這下反而成為民間笑柄，心裡指不定怎麼恨羅大哥呢！只是要透過他捉捕你我二人，所以一時半刻還不至於要了他的死命，這樣一來，想要打通關節救出羅大哥就不可能了。我思來想去，別無他法，只有劫獄一途。但劫獄罪名重大，小弟本是山林之人，諒那寧王也無處搜查，可是你在揚州有家有業，若是出逃在外，只怕累及家人、產業，須得想個萬全之策才好。」

　　「此事哪得萬全？為了兄弟之義，就算累及家人，

七劍十三俠

也顧不得了，若再遷延下去，只怕羅大哥性命不保。」
當下計議已定，兩人換了裝束，苦等到夜深時分，急
急來到城牆下，展開壁虎游牆功，潛入城中，藉著夜
色的掩護，一路來到府衙大牢，兩人四處窺探了一遍，
卻遍尋不著羅季芳蹤影。徐鳴皋正不知如何方為良策
之際，恰好前面走來一個巡守的衙役，他一閃身來到
衙役身後，將刀尖抵住他的背心，低聲問道：「說！今
日大鬧擂臺的犯人關在哪裡？」那衙役嚇得魂飛天外，
口內只是哆嗦，手抖顫顫的指向內監。

　　徐鳴皋順著他手指的方向望去，見裡頭路徑彎曲，
難辨方向，手上微一用力，清楚的戳刺感讓那衙役大
氣都不敢喘一下，他惡狠狠的道：「好好帶我們過去，
你要是敢動什麼歪心，立刻要了你的性命。」那衙役
生怕徐鳴皋的刀碰破他一丁點嫩皮，話也不敢多說，
顫抖著身子領徐鳴皋二人走向關押羅
季芳的牢房。漸入內監深處，便聽到裡
頭羅季芳的罵聲不絕，徐鳴
皋奔進牢房，見羅季芳被高
高吊在牢房內，滿身是傷，顯然受
刑不少。

　　「羅大哥，小弟來救你。」徐鳴
皋連忙將羅季芳放下，除去他身上的銬鐐，

徐慶上前扶著羅季芳便要往外衝，徐鳴皋笑道：「且慢，不如將這個衙役吊上去，也省得再費一番手腳。」徐慶與羅季芳連連稱妙，三人七手八腳的將那衙役吊在牢裡，轉身循原路出去。

　　三人正喜無人知覺，誰知那衙役雖然膽小，卻甚是狡獪，當時徐鳴皋在他頸間一擊，他明明支撐得住，卻假裝昏暈，任他三人行事，待他們去後，便在牢內喊叫起來。寧王得知消息後大怒，嚴令地方官員兩日之內必須捕回人犯，當下滿城戒嚴，水路通道均被封鎖。三人本欲即刻由水路轉回揚州，豈料官府動作如此迅速，只得暫時躲在船艙，伺機而動。如此潛伏了一陣子，忽聽岸上草聲窸窣，徐鳴皋便知蹤跡敗露，三人唯恐來人放火燒船，開窗一看，岸上燈火通明，刀槍劍戟羅列，官兵已將去路通通堵住。

　　羅季芳心知若非自己拖累，憑徐鳴皋兩人的輕功，這大隊人馬根本攔他們不住，當即喝道：「你們快走，不要管我！」話聲未落，人已衝上岸去。徐鳴皋一伸手沒抓住他，正要一起躍出，轉念一想，對徐慶說道：「三哥，你輕功了得，不如回揚州向二哥報訊，請他設法相救，也好過三人一起陷在這裡。」

　　「且先衝殺一陣，說不定衝得出去也未可知！」徐慶抽出單刀，飛身上岸，徐鳴皋連忙跟上，三人背

靠著背，彼此相護。幾番衝殺下來，官軍雖然不濟，但一波又一波湧上，實難脫身。正當惶惑無策之時，忽然一隊兵馬衝殺過來，竟將三人隔開，徐鳴皋掛念羅季芳傷勢，連忙躍到他背後。徐慶被人衝散到一邊，來人竟頗有武藝，只打得他一時自顧不暇，心念電閃之際，想起徐鳴皋方才之語，一咬牙轉身飛奔，心想自己邁開飛毛腿輕功，明日便到揚州，屆時再找二哥一枝梅前來相救。

　　徐鳴皋轉身不見徐慶蹤影，知他已回揚州報信，心下一寬，卻也不願束手就縛，當下且戰且走，眼觀四面，耳聽八方，等待時機。鬥得即將脫力之際，忽聽敵方人群中，有人發一聲喊，喝道：「徐賢弟快隨我來，狄洪道給你開路來了！」聽得這一聲喊，徐鳴皋精神一振，只見一人飛馬而來，官兵紛紛退散，徐鳴皋大喜，拉著羅季芳奪路便走。原來這狄洪道與徐鳴皋算是姻親，他又是七子十三生中漱石生的徒弟，只因一時利慾薰心，誤投寧王麾下。今見徐鳴皋被人圍困，始終不背義私逃，心下敬重，因此上前相救。眾官兵不知他心意，還道他前來助戰，因此紛紛退開，讓徐鳴皋覷了個空，逃了出去。狄洪道騎馬斷後，一刀劈去，竟將領軍的副將劈死。他武藝本就高強，又有王能、李武兩個徒兒，合上徐鳴皋之力，居然給他

們殺出一條血路來。

　　五人好不容易衝出重圍，找了個荒僻之處歇息，徐鳴皋與狄洪道互敘親誼，又說起兩人師父海鷗子、漱石生諸般劍俠事跡。狄洪道忍不住笑道：「說起此事，賢弟可知當日擂臺之上，默存子師叔曾出手相助嗎？」徐鳴皋聞言一愣，想起當日擂臺對戰時嚴虎的情況，問道：「莫非當時嚴虎那招『獨劈華山』發到中途，突然一頓，是默存子師叔的手筆嗎？」

　　「可不是嗎？那日嚴虎讓羅兄弟打成重傷，被抬回王府救治，大夫從他肩井穴起出小小一枝吹箭，箭上就刻著『默存子』三字。寧王等人不知道師叔厲害，還是我說了之後，他們才有了忌憚之意。」狄洪道見徐鳴皋等人一臉興味盎然，接著說道：「當年在雁宕山上，我曾見過師叔一面，那時他還只是個十八、九歲的少年書生，就已能口吐劍丸，擅長五行遁術。我曾求他試演劍術，他就坐在草堂中，也不起身，只把那口微張，就從口中飛出一道白光，直射庭中松樹。這白光像是活的一樣，在一棵大松樹上下盤旋，寒光耀目，冷氣逼人。一眨眼的功夫，就把一棵粗及合抱的大松樹，削得乾乾淨淨。」

　　「如此神技，當真令人神往！」徐鳴皋聽得嚮往，忍不住讚嘆。

「不只如此，還有可笑的。賢弟可知道，當日你們大鬧擂臺，結果只捉到羅兄弟一人，寧王大發雷霆，因你在揚州有家有業，想說你這個正犯抓不到，乾脆查封你的產業，為難你的家人，也可逼你出面。正要派人去下旨，忽然一道白光閃過，就見一個和尚裝扮的人，背負寶劍，憑空出現在王府大廳，求告寧王就事論事，只須針對兄弟一人，不要牽連他人。說完從口中吐出一粒銀丸，彈珠一般大小，浮在空中，晶瑩奪目。不過一轉眼，唰的一聲，幻作一道電光，飛繞滿室，映得人眼花撩亂，只覺耳邊呲呲作響，面上寒氣森森，嚇得眾人心驚膽顫，魂飛魄散。待得電光散去，那人也不知道哪裡去了，廳上眾人有鬍子的沒了鬍子，沒鬍子的就沒了眉毛，到底寧王千歲，待遇不同，不只眉毛、鬍子，連那三千煩惱絲都被刮得一根不剩。」

「痛快！痛快！」徐鳴皋等人聽了此事，忍不住哈哈大笑，撫掌叫好。狄洪道接著說道：「寧王事後回想起來，嚇得渾身冷汗，知道此人有意炫技，表面求告，骨子裡分明是警告威脅來著，你想，既然能神不知鬼不覺的削去他們頭臉上的幾根毫毛，那麼結果他們的性命也不過是反掌之間，寧王受此一驚，原先的念頭早拋到九霄雲外，因此只是發下海捕文書，追捕

七劍十三俠

賢弟，卻不敢再去動你家中產業了。」眾人好不容易才脫困，聽了這些事，哄然一笑，都覺無比暢快，羅季芳問道：「這也是那個默存子搞的花樣嗎？」

狄洪道搖搖頭，說道：「這卻不然，說是和尚打扮，只怕是一塵子師伯。」

「來日若有幸拜見師伯、師叔，可得好好謝過他們的照拂之恩才是。」徐鳴皋說道，彼此感嘆了一回，見羅季芳似有倦意，便道：「既然在下家業不致有危，賢師徒此後也不能再在寧王麾下做事，不如同往揚州盤桓一陣，再做打算。」眾人欣然同意，催船覓路回轉揚州。

才到家門口，江夢筆已接了出來，原來他已從徐慶那裡聽說消息，掛心了數日，一枝梅更是早早動身往蘇州去了。徐鳴皋見到兄弟，心中喜悅，便將這幾日發生的事說與江夢筆知道。說完不禁嘆道：「這一來一往，竟是錯過了，希望慕容兄無事才好。」

「二哥功夫了得，必能化險為夷的，倒是你，在蘇州鬧了那麼大的事出來，揚州這邊卻也一點都沒落下呢！」江夢筆指著徐鳴皋，笑著說道。

「這話從何處說起？」徐鳴皋愕然，羅季芳等人也是一臉不解。

「你不知道，這一程子的事兒多著呢！」江夢筆

搖搖頭，笑著將這一段時間發生的事一樁樁說來，聽得徐鳴皋等人也覺不可置信。原來在徐鳴皋往蘇州去後，李家不忿他與羅季芳將李文孝打成重傷，不知從哪裡請來一個鐵頭陀，想要給李文孝報仇。這頭陀深夜來到莊上，自以為無人知曉，豈知行跡早已被一枝梅發現，一枝梅只一招便令對方動彈不得，問明來意之後，竟將那頭陀一刀砍殺了。江夢筆在一旁看見，嚇得說不出話來，正不知如何是好之際，一枝梅從懷中取出一瓶奇藥，用指甲挑出些藥末來，彈在那頭陀屍身上，不過一眨眼時間，頭陀胖大的身軀都化成一灘黃水，只餘一顆首級還提在一枝梅手中。江夢筆也不知一枝梅何以特意留下首級不化，只見他詭祕一笑，只說自有用處，便閃身而去。

　　一枝梅拿了首級來到李家莊，見眾人笑著說起頭陀想必已然得手，一副志得意滿的樣子，心中不禁有氣，便將首級往廳中擲去。李家莊眾人見到頭陀首級，還道為徐鳴皋所殺，自忖與縣官有些交情，當下便去報官，引得衙役前來拘捕。一枝梅見縣官同謀生事，當晚索性到縣衙中盜去三千兩白銀，並留下一通書信，自承殺死頭陀、借貸銀

45

錢，又往李家莊去，如此這般，原樣照演了一次，只是比縣衙多盜去了七千兩銀子。翌日天明，揚州城中的窮苦人家都得了些實惠，縣衙和李家莊卻一聲不吭，不敢再追究此事。

後來聽得徐慶回來報訊，一枝梅星夜趕往蘇州，徐慶在徐家待了幾日，擔心兄弟伍天熊下落，便告辭回九龍山去。也是冤家路窄，出城走不到十里，竟讓他遇上了李文孝，仇人見面，分外眼紅，當即彎弓搭箭，朝李文孝一箭射去。徐慶百步穿楊，人稱神箭，這一箭去如流星，正中李文孝咽喉，李文孝應聲落馬，當場斷了性命。徐慶知已得手，也未慮及他事，頭也不回的往九龍山去。事有湊巧，徐慶所用弓箭箭桿上清清楚楚刻著一個「徐」字，李家人見了，還道是徐鳴皋所為，豈肯罷休，便將證據呈到堂上，懇求逮捕正犯凶手。知府見徐鳴皋如此放肆，立即發下朱簽，命人將他拘提到案。

「那日我猜想李文孝定是徐三哥所殺，偏偏他們咬定是你，我說你不在揚州，他們怎麼也不肯信，還是蘇州來的拘捕文書到了，

他們方才信了。這豈不是你人明明在蘇州，卻分身在揚州鬧了兩場人命官司嗎？」江夢筆娓娓道來，斯文俊秀的臉上滿是笑意。

羅季芳聽完，頭一個跳起來叫好，直說要是當時他在，絕對要給那個做死的頭陀一點顏色瞧瞧。江夢筆笑道：「大哥，那個做死的頭陀如今已經死得透透的了，不用你再給他什麼顏色瞧，倒是這會兒官府四出文書、圖像捉拿你等，雖然公署行事一向怠惰得很，但那李家卻是窺視甚急，若是他們知道哥哥已經回到府中，必然要生事，為免橫生枝節，還是要及早做個計較才是。」

徐鳴皋點點頭，說道：「賢弟說的有理，為今之計，不如避他們一避，以免多生煩擾。我本有意周遊四海，只是諸事煩擾，一直不得成行，乾脆趁此機會，咱們幾位兄弟從鎮江到金陵，由九江過安徽、江西，一路遊山玩水，順便訪問高人奇士，不知幾位兄長意下如何？」眾人齊聲叫好，只有江夢筆不諳武藝，又生得文弱，難以同行，徐鳴皋便將家中一應事務託付與他，與眾兄弟趁李家不覺，悄悄往鎮江而去。

一路上曉行夜宿，不日來到鎮江，只因城中熱鬧，人口又多，徐鳴皋等人為避事端，便在城外客棧住了下來。鎮江不愧為天下名勝，他們下榻之處雖是城外，

客棧卻也雅潔整齊，難得是酒食精美，令徐鳴皋等人心懷大暢。眾兄弟正在樓上歡呼痛飲，忽聽隔壁人家一陣陣哭聲傳來，哀哀切切，煞是愁人。羅季芳漸漸不耐煩起來，忍不住拍桌子罵道：「哪裡來的王八？哭個沒完，讓人怎麼喝酒！」徐鳴皋知道羅季芳喝了酒，呆性又犯了，忙拉住他，叫道：「呆子，你忘了當日和我說什麼話來？不許胡鬧！」羅季芳猛然想起兩人曾經約法三章，不可莽撞行事，只得將話咽回肚子裡去。

店小二見羅季芳臉色不好，忙上前說道：「客官休惱，隔壁住的是一對老夫婦，年近花甲，只生得一個女兒，名叫林蘭英，年方二八，又伶俐又標致，還有一手好繡工，更是難得的孝順，每日刺繡維生，孝養雙親。先前她的父親害病，她曾許下願心，後來她爹病體痊癒，蘭英姑娘和她娘一起到金山寺進香還願。誰知到了寺裡觀音殿上，人居然無聲無息的不見了。她娘向和尚探問，反而被賊禿給打了一頓。如今過了一個多月，一點消息都沒有。兩個老的掛念女兒，日夜啼哭，不想卻驚動了客官。」

眾人聽了均感惻然，心中雖覺有異，臉上卻不動聲色，只有羅季芳不曾多想，從懷中摸出十兩銀子，說道：「聽起來倒也可憐，這銀子便給了他們吧！」

「客官真是好心人！」店小二接過銀子，拿著銀

七劍十三俠

48

子去了。過沒多久，領著一對老夫婦進來，那老丈一踏進門來，口稱恩人，對著羅季芳納頭便拜，徐鳴皋連忙上前攔住，羅季芳搔搔頭，手足無措，一時不知如何回應。徐鳴皋讓老夫婦坐下，狄洪道不等他們坐定，忍不住問道：「老丈，你的女兒莫不是給妖怪抓走了？想那金山寺如此聲名，豈會拐騙人家閨女？」

聽了這話，林老丈還未搭言，店小二已經忍不住說道：「客官是外地來的不知道，如今那金山寺，早就不同以往了。去年來了一個和尚，說是寧王的替身，把廟裡原有的舊人全都趕了出去。重新改造房屋，修建得十分華麗，竟像王宮一般。一群人在寺裡舞刀弄棍，學著少林寺的模樣。喔！聽說來的那個和尚就是少林寺出身，寧王封他叫什麼智聖禪師，他又自號非非和尚，說是本領十分高強。寺裡還有一千多個僧人，一個個滿臉橫肉，身強力壯，看上去哪裡像和尚，倒像是強盜似的。廟裡的和尚仗著寧王的勢力，橫行霸道，就連鎮江府上上下下文武官員，哪個不去奉承他！近日鎮江府到處都聽說有姑娘失蹤，衙門的訟狀堆得像山一樣高，就從沒見過有哪一件破案的。大家都懷疑是金山寺的禿驢幹

的，只是沒有憑據，不過是暗地裡瞎猜罷了。可那蘭英姑娘，確確實實是在觀音殿裡不見了蹤影，若不是寺裡賊禿抓走的，又有哪個那麼大膽，敢在太歲頭上動土？林老兒也到縣衙告過幾次，偏偏縣太爺只是不管！」店小二越說越怒，說到後來口不擇言，竟連賊禿也罵出口。

眾人聽了這番話，無不怒髮衝冠，徐鳴皋拍桌罵道：「天下間竟有如此無法無天的惡徒，老丈，你不用擔心，且先回去，這事包在我們身上，一定替你救回女兒，好叫你一家團圓。」狄洪道等紛紛附和，林氏夫婦大喜過望，心想這些人英雄了得，或許真能救回女兒也說不定，於是千恩萬謝的去了。

林氏夫婦走後，徐鳴皋又向店小二探聽狀況，只是金山寺內部隱祕，他知道的也不過是市井揣測之言。打發走店小二，徐鳴皋向狄洪道說道：「寧王所圖不小，竟在這金山寺聚集僧眾上千，只怕有招兵買馬之意。」

「賢弟說得是，只是我先前雖然在寧王麾下，卻時日不多，許多隱祕也未曾知曉，當時若多做打聽就好了。」狄洪道暗暗可惜。

「管他有什麼隱祕，明天進去探個究竟就是了，你們兩個也太小心了！」羅季芳揮揮手，徐鳴皋橫他一眼，他也知多想無益，只是聽這呆子說出這話來，忍不住笑道：「都像你一樣心寬才好！我可告訴你，這金山寺處處透著詭譎，你明日可別莽撞行事。」

「我哪裡莽撞了？那是運氣不好！」羅季芳一句話說得眾人相視而笑，又說笑了一會兒，便分別歸寢，養精蓄銳，待來日探山。

第四章 金山

　　翌日清晨，徐鳴皋等人喬裝來到金山寺，一眼望去，只見殿閣凌雲，規模宏偉至極。一路上去，沿山僧舍層層疊疊不知有幾百間，好不容易來到正殿，就見殿宇軒峻，門戶寬敞，殿上處處朱紅漆金，既莊嚴又華麗。一入殿中，就有寺中知客僧上前接待，徐鳴皋等說了事先編好的假名，只說經商路過此處，特來

瞻仰寶剎。知客僧聽說，當先領路，帶著他們一殿一殿的遊覽。

到了方丈所居之殿，有一人坐在居中的禪榻上，身材高大，一張方字臉，長眉修目，廣額高鼻，一身絲綢縫製的紅黃僧袍，看上去威風凜凜，目露精光。徐鳴皋只覺一股殺氣襲來，令人懍然生畏，心道此人想必就是非非和尚了，果然藝業不凡。他與狄洪道交換了一個眼色，兩人暗暗戒備，這時知客僧引著他們轉向後殿，徐鳴皋抬頭望見一尊魚籃觀世音，情知這便是林蘭英被劫之處，因此更加仔細打量各處，卻也看不出暗藏什麼機關。

從觀音殿轉出來，早有方丈居所的小和尚擺上素齋，知客僧招呼眾人上前。徐鳴皋等不知有異，只道是例行之事，誰知吃過兩杯茶，一個個都覺得頭重腳輕，轉眼昏暈在地。原來金山寺確實是寧王招兵買馬之所，這非非和尚日後即是要當開國元帥的，當日徐鳴皋與羅季芳、徐慶大鬧擂臺，又闖牢劫獄，寧王早將他們形貌繪成圖畫，讓人密送到金山寺，命非非和尚見到便即捕捉。因此徐鳴皋等人一進山門，便有人報與非非和尚知道，他命知客僧依舊帶他們四處遊覽，待得遊覽結束，便用蒙汗藥將眾人麻翻。徐鳴皋等雖然處處謹慎，小心在意，但眾人畢竟不是老江湖，若

叫一枝梅、徐慶一人在此，絕計不致著了人家的道。

　　非非和尚設計抓住眾人，心中甚是得意，命人將他們牢牢細綁，押上囚車，這才用水將他們潑醒。徐鳴皋等人醒來發覺受困，又驚又怒，連連喝罵。非非和尚喝道：「大膽叛逆，鬧了擂臺，居然還敢大搖大擺，到處遊逛，天佑我主，讓你們自己送上門來。」當下命人立即將囚車解向蘇州。

　　一個面如鍋底的高大和尚領著十幾個和尚，威風八面的押解著囚車下山，徐鳴皋等人自知無倖，乾脆在囚車上破口大罵，一路上把寧王和非非和尚罵了個狗血淋頭。那個領隊的高大和尚冷笑道：「死到臨頭，還在逞口舌之快！」話聲才落，卻見他雙眼圓睜，一枝羽箭從他的背心貫到前胸，他還來不及反應，便已跌撲在地。其餘十幾個和尚見他倒地，登時慌了手腳，忽聽一聲喊叫，有兩人提刀殺上前來，幾個和尚失了首領，哪敢戀戰，當下棄了囚車，紛紛逃命去了。

　　徐鳴皋定睛一看，不禁大喜過望，喊道：「徐三哥！」沒想到當先那人竟是徐慶，身邊還跟著一個世家公子模樣，英氣勃勃的軒昂少年。徐慶也不忙說話，唰唰唰幾下將囚車劈開，先把眾人救了出來，這才覓地互道別來之事。眾人聽徐慶說身邊那人名叫楊小舫，與徐家、伍家是世交，兩人與伍天熊曾在清風鎮一同

掀翻了一家黑店，之後和伍天熊回轉九龍山，楊小舫聽說徐鳴皋等人事跡，有意結識，因此一同前來尋訪，誰知天緣湊巧，竟在這裡救了眾人性命。徐慶笑著說道：「奸王四出通緝，好容易捕得你等，居然還有我們碰巧來救，可知奸王必然不能成事！」

眾人點頭稱是，徐鳴皋又說起金山寺之事，徐、楊二人亦是聽得義憤填膺，都說該當掃蕩金山寺這藏汙納垢之地，還佛門以淨土，不只能救得眾多女子，還可煞煞奸王銳氣，一舉數得。眾人同聲叫好，徐鳴皋為難道：「可是那金山寺銅牆鐵壁，易入難出，寺中僧眾武功亦頗不弱，只怕輕易難以成事，須得有良策才好行事。」

眾人商議了一陣，最後決定明夜二上金山，七人共同行事，為免打草驚蛇，只在屋簷上走跳，待尋得非非和尚居處，再由兩個人下去與他討戰，其餘五人於房上掠陣，或暗中相助，或下來助拳，既成犄角之勢，可以相互照應，若臨時有變，也不至於一同受困。

隔天夜裡，七人勁裝結束來到金山寺，飛身上了屋簷，依著前日的印象，悄無聲息的來到方丈居處。徐鳴皋兩腳勾著屋簷，使一招「倒掛金鉤」，探身往殿中看去。非非和尚正在當中禪榻上打坐，徐鳴皋隱隱然聽見他身上傳來嗶嗶剝剝的筋骨爆響，心下暗驚：

「這和尚好生了得，不想他武功竟然到了如此境界。」他曾聽師父海鷗子說起少林寺有套內功練到極處，能夠易筋鍛骨，刀槍不入，如今看來，這惡和尚竟有這等修為，怪不得寧王如此倚重。

徐鳴皋尚在沉吟之際，羅季芳卻不知道厲害，見非非和尚孤身一人，身邊亦無人侍立，心想此時不動手，更待何時？當即一躍而下，徐鳴皋與楊小舫見他莽撞，恐他誤事，各自飛身而下。那非非和尚早知有人在房上窺視，只是故作不知，此時聽羅季芳揮鞭上前，也不閃躲，羅季芳正喜得手，誰知一鞭下去，非非和尚渾若無事，鞭子卻反彈起來，險些砸向自己面門。徐、楊二人見狀，都是一驚，抽出單刀往非非和尚身上砍去，不想只是割破了他的僧袍，身上卻是傷他不得。羅季芳驚道：「這和尚邪門，身子倒像石頭做的，這麼耐打！」

徐鳴皋見兵刃傷他不得，便伸出手去扣他脈門，豈料著手處又滑又硬，竟像捏了個油浸的石蛋，哪裡扣得他住？徐鳴皋知道厲害，使了個眼色給兩人，就要退走。非非和尚此時豈容他三人退出，他猿臂長伸，掄起一根百來斤的禪杖，一個翻身便將三人去路擋住。非非和尚大喝一聲，禪榻後又竄出四個和尚來，個個手持武器，上前動手，一內一外，竟成合圍之勢。

徐慶在屋簷上看見，知道勢頭不好，連忙躍下相助，只留王能、李武在房上守護。非非和尚見來了幫手，讓在一邊，喝道：「來人！」禪榻後面又竄出十幾個和尚來。徐鳴皋等人武藝高強，十幾個和尚敵他們不住，非非和尚見眾僧不能取勝，又是一聲大喝，眾和尚聞聲奔到門邊，守住去路，非非和尚舞開禪杖，聲勢驚人，楊小舫出劍一架，只聽「噹」的一聲，長劍落地，劍刃已然捲曲，楊小舫虎口裂開，血流不止。五人見狀，心知不能硬架，只被逼得連連後退。徐鳴皋知道不好，正在籌思脫身之計，一瞥眼看見前面就是魚籃觀音殿，內有中庭，或許可以從那邊躍上屋頂，奪路便走。

不及細想，徐鳴皋腳步已往那邊移動，狄洪道等人已知其意，連忙跟上。到得魚籃觀音殿內，眾人飛身便向庭中而去。誰知非非和尚早聽聞徐鳴皋等人被救走的消息，猜想他們必然去而復返，因此早在庭上架起三層鐵網，此時正好將他們一網打盡。

眾人知道中計，一時惶然無策，正想回身硬拚奪路。豈知非非和尚將他們逼入庭中之後，卻不再追擊，冷冷一笑，徐慶暗叫一聲不好，只聽軋軋兩響，腳下地板翻開，五人齊聲驚呼，盡皆落下，待得落地抬頭，上方已然封住。斗然陷入一片黑暗之中，五人一時都

沒了主意，伸手摸去，只覺四面均是銅牆鐵壁，想來開啟的機關不在此間。

　　王能、李武在殿外屋簷上等候良久，先是聽下頭乒乒乓乓打得熱鬧非凡，突然間又沒了半點聲息，兩人都覺得有些不安。此時房中跑出兩個和尚來，李武乖覺，心知有異，忙道：「快走！」話聲一落，拔腿便走。王能愣了一下，方才要走時，兩個和尚已經飛身上來將他捉住。李武雖然逃出，心中卻想這金山寺的和尚好生厲害，要往哪裡去搬救兵才能救得眾人性命。縱躍疾奔之際，忽覺身後一個身影越追越近，他只道是寺中和尚追來，奔得更加急了。誰知那人輕功了得，不出兩步，已在身後將李武抓住。李武罵道：「賊禿！」轉身一刀向來人砍去，那人使出一招空手奪白刃的功夫，竟徒手將李武手中兵器奪去。

　　李武定睛一看，見來人不是和尚，而是一個俊秀的白面書生，心中不禁一寬，又想此人武功了得，若能得他相助，或許有機會救出眾人，因此故意說道：「你既不是和尚，攔著我做什麼？莫非你和他們是一夥的？」

「哼！」那人冷笑一聲，說道：「我看你和那些和尚才是一夥的，如此深夜，從金山寺方向而來，慌慌張張，鬼鬼祟祟，到底有什麼意圖？你若從實招來，還可饒你性命，若是謊言相欺，這把刀便是你的榜樣！」只見他伸出兩指拑住刀刃，略一施力，刀刃竟爾從中斷成兩截。李武從此人話頭聽來，似乎他也是金山寺那群和尚的對頭，因此便將眾人因何上山，如何受困等事一一說了。

那人聽了，臉色一變，忙道：「不用說了，我就是一枝梅，眾位兄弟何在？你快帶我去！」原來一枝梅慕容貞也聽說金山寺的和尚有古怪，所以今天趁夜去探寺，卻見到李武慌張鬼祟，還道他有什麼企圖，因此將他攔了下來，不想竟得了這個消息，叫他怎不緊張？

李武也曾聽徐鳴皋等人說起一枝梅的手段，心想這下有救了，便引著他原路返回，躡手躡腳的來到先前的殿宇。一枝梅將雙足勾著屋簷，使一招「倒捲珠簾」，隔窗向內張望。徐鳴皋等人被五花大綁押在廳上，徐慶卻被綁在一旁的柱子上，旁邊幾個和尚，手持尖刀，一副正要動手的模樣。一枝梅見狀大驚，連忙從懷中取出一根三寸長的細竹管兒，往窗縫裡輕輕一吹，一縷清煙，如線一般，緩緩飄入屋中，忽焉散

去。

　　徐慶本已閉目待死，忽聞一陣異香，心知此香與眾不同，心中早已料著三分。一時之間，那些和尚頭陀，個個骨軟筋酥，跌倒在地。非非和尚見狀，心知有異，鼻中卻已吸入了香味。一枝梅這奪魂香藥性特別厲害，起初無色無味，但卻發散極快，到得香味入鼻，必然昏暈，饒是那非非和尚內功卓絕，終究也抵擋不住。一枝梅見眾人昏暈，便取出解藥交代李武塞在鼻子裡，兩人一起下去救醒徐鳴皋等人。眾人先後醒轉，見一枝梅到來，均覺歡喜。羅季芳被綁得手足疼痛，提起刀來就要殺幾個和尚好出一口惡氣，徐鳴皋道：「先殺首惡！」提劍便往非非和尚胸口刺去，此時，一枚暗器破窗飛入，竟將徐鳴皋長劍打偏，同時外頭呼喝聲四起，原來早有寺中和尚發覺有異，聚集了僧眾趕來。

　　「此番難以得手，且先脫身再說！」徐慶喝道，抽出刀來一陣衝殺，飛身上房，眾人聽聞，亦各自飛身而上，一枝梅打了個手勢要眾人先走，自己殿後，卻從懷中取出一枚火炮，往庭中一扔，轟的一聲，廳內失火，燒得眾僧措手不及，無暇追趕。

　　眾人回到客棧，療傷歇息，說起這次經驗，都覺驚險，若非一枝梅及時趕到，只怕大家都難逃性命。

話語間說起金山寺，大家更是恨得咬牙切齒，偏偏兩次上金山都著了人家的道，而那非非和尚當真藝業驚人，不知如何方能除此大患。眾人議論了一陣子，都無良策，不覺都將希望寄託在一枝梅身上。一枝梅搖頭笑道：「這非非和尚乃是少林第一高手，武功不遜於少林寺易筋經、金鐘罩等鎮寺絕技，此次雖用迷香迷倒了他，可惜未能傷他性命，日後他必有解決之法，他的武功在我等眾人之上，若非請到令師叔、師伯其中一人，否則斷難勝他。」

徐鳴皋為難道：「可是師父他們雲遊四海，蹤跡不定，卻如何找去？難道就任由他們在此作孽不成？」狄洪道聞言說道：「不如我去請我師父下山吧！」漱石生與凌雲生、御風生、雲陽生、傀儡生、獨孤生、臥雲生、羅浮生、一瓢生、夢覺生、鷦寄生、河海生、自全生並稱十三生，亦是劍仙、劍俠一流人物，與海鷗子等七子為同道好友，江湖上人稱「七子十三生」。二十人平時雖都萍蹤浪跡，遨遊天下，但漱石生有家

在長安，或許倒有機會找到。

「也只能如此了，只是此去長安，來回大概要兩個月功夫，咱們暫且按兵不動，休養生息，也好鬆懈他們心防，到時候再將他們一舉成擒。」聽一枝梅如此說道，眾人紛紛贊同。到了明日，狄洪道帶同王能往長安尋師，餘人便在鎮江等候，眾人餞別已畢，齊聚門口送他師徒二人上路，此時忽聽人說道：「狄賢姪棄暗投明，可喜可賀啊！」

眾人聞言一驚，紛紛轉頭望向聲音來處，只見一男一女長身並立，男的身穿淡黃衫子，白面無鬚，瀟灑自若，女的一襲紅衣，膚白勝雪，風姿動人。旁人見了兩人，只覺姿容過人，氣質出眾，還不怎的，狄洪道卻是大喜過望，口稱師伯，上前納頭便拜。眾人這才知道此人竟是狄洪道的師伯雲陽生，那女子卻是聶隱娘、紅線一流的俠客，人稱紅衣女。

雲陽生到來真可說是意外之喜，眾人忙將他與紅衣女迎入客棧，問起緣由，才知原來兵部主事王守仁為逆閹劉瑾讒害，被貶為貴州龍場驛丞，劉瑾還派了人沿路追殺，務必結果他的性命。因為王守仁有經天緯地之才，秉性忠直，不附奸黨，因此他二人特地暗中相護。路過鎮江時聽說金山寺的和尚厲害，又知道他們兩番受困，所以特來相助。

眾人聽了這話，都歡喜起來，紛道有二人相助，攻下金山寺簡直是易如反掌。雲陽生搖頭說道：「豈有此理！敵眾我寡，任你以一擋百，也須仔細行事。何況那金山寺內機關重重，若是失陷其中，用起火攻，豈不是大伙兒一同送命？須當有人混進寺裡，裡應外合才好。」

紅衣女笑道：「這個容易，這金山寺的禿驢一再誘騙女子，不如明日我便假裝去上香，讓他們抓了去，正好混到裡頭探個虛實。」雲陽生素知紅衣女之能，有她前去，自是萬無一失，便點頭道：「如此甚好，那麼明日我們便一起上山，紅衣先行入寺，待得午時三刻，裡外一起動手。」

翌日清晨，紅衣女提著香籃，在眾英雄的目送下，蓮步輕移，獨自一人進了金山寺。寺中和尚見紅衣女如此絕色，早動了不軌之心，正在尋思如何將她引至後殿，忽聽她嫩聲問道：「這位師父，敢問寺中可有觀音殿嗎？小女子曾許下願心，要禮敬鎮江各寺觀音寶像，不可遺漏一處。」知客和尚聽了這話，正中下懷，忙道：「姑娘心誠，小僧感佩。後堂便是觀音殿，最是靈驗，請隨小僧來。」紅衣女跟著他往後堂走去，耳邊聽著知客和尚的介紹，一面打量廟中建設，果然如徐鳴皋等人所說那般。

說話間兩人已來到魚籃觀音殿，對面則是送子觀音殿，知客和尚滔滔不絕的說著此處香火如何靈驗，<u>紅衣女</u>不動聲色，笑道：「既然如此，容小女子去上一炷香，師父稍待。」說著便頭也不回的往送子觀音殿走去，眼角餘光還盯著和尚，看他如何動作。那和尚果然不跟上來，只站在一個燭臺邊，<u>紅衣女</u>心想這便是機關了，她假做不知，只聽軋的一聲，再回頭時，那知客和尚已然不見。<u>紅衣女</u>分明見那和尚動了機關，怎麼地板卻不陷下？倒和<u>徐鳴皋</u>等人說的不一樣。

　　原來<u>非非和尚</u>這機關打造甚是精巧，若是將燭臺左轉，則地板陷落，來人便會掉入地牢之中，但若將燭臺右轉，則整個送子觀音殿都會傳至地面之下，對面同樣有個魚籃觀音殿，與地上的一般無二，因此許多女子都在此無聲無息失了蹤影。<u>紅衣女</u>心中明白，毫不驚慌，她從地下魚籃觀音殿開門出去，果然路徑與之前全然不同，再往前走去卻是一個門戶，門上一方匾額，寫著「溫柔鄉」三個大字，<u>紅衣女</u>冷笑一聲：「這<u>非非和尚</u>倒會享福！」忽聽得幾聲女子嗚咽從前面傳來，她走向前去，看到許多女子聚在園中，個個貌美如花，只是容顏憔悴。她們見<u>紅衣女</u>進來，都搖頭嘆息，有心要上前慰問，只是自顧尚且不暇，又如何能顧得上別人呢？

其中有個女子見紅衣女態度鎮定，毫不慌張，忍不住怯怯說道：「這位姐姐，妳別是嚇傻了吧？妳哭出來吧，別把自己憋壞了！」紅衣女見那女子一臉惶懼，居然還有心思替自己擔憂，不禁心生好感，便對她笑道：「我沒事，不知姑娘尊姓大名？」

「我姓林，小字蘭英。」紅衣女輕拍她手，問道：「林姑娘，那些和尚可在此間？」林蘭英搖搖頭，渾身發抖，低頭啜泣起來，旁邊一個女子說道：「那些和尚現在不會下來，入夜之後可就難說了，妳別問她了，沒見她抖成什麼樣了！」紅衣女安撫了林蘭英，對眾女子問道：「妳們都是被抓來的嗎？」眾女點點頭，神色悽然。紅衣女接著說道：「不瞞妳們說，我今日特地來破此金山寺，現有諸位英雄在外，只待午時三刻，信號一響，我便裡應外合，殺了出去。」

眾女聽說不由得大喜，先前那個女子忙說道：「可是從這裡要想出去只有一條路，沿路有五個大殿，就有五道關卡，不只有機關，五處還都有厲害的和尚把守，妳如何殺得出去？一個不小心，只怕就送了性命。」紅衣女笑道：「知道路徑便好辦，妳們只要跟在我後頭，為我指點道路，其餘的事不用擔心。」眾女聞言皆是喜出望外，一時不敢置信，鶯聲燕語，議論不絕。就在此時，忽聽外頭炮聲響起，紅衣女知道上

面已經動手，便從裙底抽出長劍，叱道：「隨我來！」

　　紅衣女舞起長劍，向前走去，只見一團紅光之中，銀光點點閃動，煞是動人。眾女跟在身後，見她長劍翻飛，衣袂飄飄，只殺得那些看守的和尚心膽欲裂，若不是擔憂觸動機關，此刻只怕紅衣女早已殺到廳上去了。林蘭英等人跟在她身後，每過一道關卡便有知情的女子出來指點機關，眾女雖然只略知一二，但紅衣女不愧是轟隱娘一流人物，只消一、二線索，便能將各處機關破去。轉眼間來到廳上，就見徐鳴皋等眾位英雄與寺內和尚正在廝殺，殺得天昏地暗之際，非非和尚舞開禪杖，神威凜凜的打進殿來。

　　徐鳴皋等知道厲害，不敢硬架，紛紛退開，這時只見一團紅雲閃過，銀光動處，紅衣女已和非非和尚鬥在一起。非非和尚內力剛猛，紅衣女步法輕靈，纖腰款擺，看準非非和尚招式間隙，左衝右突，一柄長劍使得如銀練一般，幾次都要遞到非非和尚面前。眾英雄吃過非非和尚苦頭，此刻見紅衣女不僅與他鬥個旗鼓相當，姿勢身法俱皆美妙已極，心下不禁讚嘆，但紅衣畢竟是女子，又連闖五道關卡，內力早已消耗許多，一時鬥他不下，一個疏神，背心險些被非非和尚的禪杖狠狠擊中。

　　說時遲，那時快，只見雲陽生一個箭步來到廳中，

寬袖一拂，已將紅衣女救下，同時十指連彈，瞬間數道白光閃過，風馳電掣，道道射向非非和尚。非非和尚舞起禪杖要擋時已然慢了一步，數道白光有如電閃，穿心而過，他一臉驚愕，還來不及知道發生什麼事，已然沒了性命。寺內和尚見非非和尚已死，不禁心膽俱裂，早沒了抵抗之意。眾人攻破金山寺，救出眾女，正在商討如何善後，誰知在非非和尚斃命之時，早有知客僧逃出寺去報官，說道通緝正犯徐鳴皋等人滋擾佛寺，大批官兵轉眼就到，聽了這個消息，眾人都是大吃一驚。

第五章 遇妖

在官兵趕到之前，眾英雄早已分頭散去，雲陽生有劍仙本領，御劍飛行不在話下，其餘眾人雖無此能，卻也都輕功了得，幾人一番商議後，知道眾女留在該處，官府自會護送返家，便只帶了林蘭英回去，好讓林老丈父女早日團圓。做下這件大事，眾人都覺心中暢快，只是動靜太大，這鎮江是不能待了，徐鳴皋等人便覓路往江南而去。

眾人沿江一路而來，見各州府雖皆具文通緝，但查察並不甚嚴，因此漸漸放鬆了戒心。他們哪裡知道蘇州、鎮江、南京等地長官素來不滿寧王跋扈，因此官府查察不過徒具形式，但安徽的州縣長官與寧王素有勾結，所以入了安徽地界之後，巡查漸嚴。徐鳴皋等卻依舊不拘小節，一仍其故，果然引起了當地官府的注意。這天眾人尋了家客棧住下，當夜便有人前來查探，徐鳴皋等編了假名應付過去，哪知探查之人早將他們認出，回衙之後調動大批兵馬，前來圍捕。

公人捕快深夜前來，當時徐鳴皋等人早已睡了，

只有王能、李武還在窗下對弈，徐慶在一旁觀戰。恍惚間，徐慶似乎聽見馬蹄聲響，他心下起疑，推窗一看，外頭燈火點點，盡是官府人馬，急忙叫道：「兄弟們快走，有人來捉我們了！」話聲剛落，外面喊聲四起，羽箭齊射，眾兄弟各自逃路，竟致分散。徐鳴皋好不容易脫身，卻不見兄弟去向，就連自己到了什麼地方也不甚清楚。一路行來，覺得腹中有些飢餓，便在附近尋個小酒店用了些酒菜。

酒足飯飽，徐鳴皋看著外頭熾熱的陽光，心下想著不知往哪裡去好，又不知眾兄弟現在何處，不免憂慮。一面想，一面伸手向懷中取錢，這一摸才驚覺昨夜出來得急，竟將錢袋忘了，此時身無分文，如何會帳？他臉色一窘，只好硬著頭皮向店小二賒帳，店小二哪裡肯依，當即大叫大嚷起來。徐鳴皋一生豪富，哪裡受過這樣的羞辱，正當困窘之際，忽聽人喚道：「徐恩公？」徐鳴皋張眼望去，一個斯文秀才站在前面，十分眼熟，他略一沉吟，訝然道：「方秀才？」此人竟是當日徐鳴皋出手救助的方國才，當日他與妻子見徐鳴皋等人打了起來，為了避禍，回家收拾了細軟便匆忙離開揚州，不意今日在此重會。

方國才對著徐鳴皋納頭便拜，連呼妻子出來拜謝，並命小二重整杯盤，三人對飲，互道別來之情。徐鳴皋盛情難卻，拿起酒杯正要喝，此時門外來了十幾個人，為首的大漢身長九尺，相貌甚是凶惡，對身邊人喝道：「把那小子綁在樹上，待會兒帶回寨中，交由大哥發落。」

徐鳴皋聽見那人應了聲是，隱約聽見他們稱這大漢為二大王，又有什麼三大王、四大王，心想這些人搞什麼古怪，欲待不理，卻見一個瘦小的男子被他們拉扯在後，徐鳴皋定睛一看，不由得渾身一震，那人竟是李武。方國才見他注意來人，便說道：「這人是石埭山的強人，這石埭山東南西北，方圓數百里，山中有四位大王，都是力大無窮，帶領著七八千人，在這邊打劫來往商隊，只不曾滋擾此鎮。有人傳說這四位大王，都是寧王的心腹，寧王心懷叛逆，因此叫他們在此招兵買馬，積聚糧草，以便將來行事，這人就是那山寨的二大王了。」

徐鳴皋有意要救李武，又恐牽連方國才夫婦，命他二人先行避開，自己便閃身來到後院，趁眾人不覺，拿刀割開他身上束縛。李武沒想到會在此遇見徐鳴皋，簡直是絕處逢生，不由得大是欣喜。兩人還來不及說話，已有人呼喝起來，驚動了店內用餐的二大王。徐

鳴皋心想這些人是寧王爪牙，不如除之後快，二話不說，舞起刀來，刀光閃處便有一人被他砍翻在地，那二大王見隨從非他敵手，大喝一聲，拔刀來戰。

李武知道此人了得，連忙護住徐鳴皋後心，將餘人攻勢盡皆接過，好讓徐鳴皋專心對付他。那二大王膂力沉雄，對著徐鳴皋猛砍數刀，不想他竟能一一接下，知道此人實是勁敵，當下不敢怠慢，刀刀凌厲。徐鳴皋與他過了十餘招，忽然賣個破綻，那二大王立功心切，連忙欺近，誰知徐鳴皋便是在等他上前，趁機回刀一拖，一刀剖得他肚破腸流，其餘隨從見二大王被殺，哪敢戀戰，紛紛逃散。徐鳴皋也不去追，只與李武說起昨夜失散之事，問他是否見到其他兄弟。原來他聽方國才說起石埭山的強人乃是寧王心腹，又見此處路徑狹窄，就算他山寨人多勢眾，也無法一擁而上，因此有意與他們為難，若能趁此挑了山寨，也算是為朝廷去了一個大患。

兩人說話間，其餘三大王已率著嘍兵前來，徐鳴皋讓李武去敵住嘍兵，自己來對付這三個強人。兩人計議已定，當下各尋掩護，等人來到酒店前，徐鳴皋見三個大王生得人高馬大，心想敵明我暗，不如趁他們不覺，先解決了其中一個，另兩個對付起來也容易些。只是他素來不用暗器，此時距離尚遠，該拋擲個

什麼東西好？伸手向懷中探去，正好摸到剛才方國才資助他的盤纏，他拿出一個銀錠，潛運內力，將銀錠擲出，破空之聲響起，銀錠正中其中一人面門，那人立時頭破血流，倒摔下馬。

「三大王受傷了！」嘍兵驚慌喊叫，其餘兩個大王驚怒交加，一前一後，拍馬衝上前來。徐鳴皋突然跳到他們兩人中間，後馬受驚，人立起來，他趁機將另一枚銀錠擲出，打得四大王吐血墜馬。在前的領頭大王聽見聲響，怒吼連連，回身便與徐鳴皋鬥在一起，徐鳴皋與他交了數招，知道這幾人臂力雖然沉雄，但內力卻不如他，不比非非和尚內外兼修，寺中又好手如雲，因此收拾起來輕鬆得多。果然數招之中，山寨大王已被徐鳴皋砍翻在地，一旁的嘍兵看見，早嚇得連話都不會說了，紛紛下跪求饒。

首惡已除，徐鳴皋問明寨中情況，便命嘍兵領他回寨，此時正好趁機將整個山寨散了，免得日後成為朝廷心腹之患。嘍兵見他神勇，轉眼殺了寨中四位大王，哪敢抵抗？不僅領著他回山寨，還幫著吆喝寨中眾人卸甲投降，出迎新寨主。徐鳴皋來到寨前，寨門大開，嘍兵夾道迎接。在嘍兵帶領下，徐鳴皋命人清

點財物，吩咐眾人領了財物，散伙返家，其餘資財糧食，命方國才為首辦理，運下山去賑濟貧民。

事情辦妥之後，未免日後有人再來占山為王，徐鳴皋命人放火燒寨，只一瞬間，山前山後燒得一片通紅。徐鳴皋站在山峰上，看著火勢由大轉小，眼前屋舍盡皆燒去，後方露出一大片平地來，徐鳴皋指著那片平地，向李武說道：「你瞧這一大片平地，縱橫二里，前有山寨遮掩，後接峭壁，四周無路可通，只有左邊一個山峰，可以繞到山前，平時可容大批兵馬在此操練，聚眾雖多，外邊卻難以知覺，要用人時又可繞過山峰出兵，若非我等此次趁勢剿除，來日寧王舉事，此處必成隱患。」李武見了飛龍嶺的地勢，又見寨中人馬甚眾，此時聽徐鳴皋說起，也知寧王所圖非同小可，心中不禁擔憂。

正說話間，忽然一聲霹靂震天響起，一時地動天搖，徐鳴皋與李武相顧失色，接著又聽見一聲轟然巨響，左邊那座山峰猛然炸裂，火光沖天直上，嚇得眾人盡皆變色。徐鳴皋心想莫非山中暗藏地雷，燒寨點燃引線，因此招禍？正要喚人來問個清楚，耳邊又聽到一聲巨響，此時炸開的山峰中火光、電光齊射，一頭身長二、三十丈的怪物從炸裂處飛出。徐鳴皋等人一時都傻住了，呆呆看著那頭巨大的怪物渾身火焰，

翻翻滾滾的飛上天空，在半空中盤旋來去，夭矯飛舞，忽然間張開巨口，大吼一聲，張牙舞爪的往徐鳴臯等人所在之處飛撞過來。

　　危急之下，徐鳴臯取出弓箭，連珠箭發，向那怪物射去，誰知那怪物刀槍不入，一個搖頭擺尾，撞得山峰迸裂，張開口來，一團團火球從血盆大口中吐出。眾人驚懼不已，慌忙逃竄，徐鳴臯帶著人馬就要退開，此時一團火球落在眼前，大火阻住了去路，他回頭一看，那頭怪物張著血盆大口，竟向他撲咬過來。徐鳴臯大驚之下，翻身滾到一旁，抽出腰間長劍向牠刺去，那怪物尾巴一擺，徐鳴臯只覺一道強勁的熱風撲面而來，一時站立不住，已被牠尾巴掃到，整個人飛了出去，眼看就要落入山崖之中。

　　在此間不容髮之際，一道長索「颼」的從天上飛來，在他腰間一捲，將徐鳴臯拉回山上。他抬眼看去，只見一個身影從空中冉冉而下，渾身雪白，光采耀人，好似一朵白梅一般，娉娉婷婷落在身前。不等徐鳴臯回神，只聽一聲嬌叱：「孽畜竟敢傷人！」那女子不知從何處拿出長劍，祭在空中，瞬間風雲變幻，銀光閃爍，數十道劍光盡向那怪物射去。徐鳴臯只覺銀光刺眼，忍不住閉上雙眼，再睜開眼時，那頭怪物已然不見，就連山頭的火光也已熄滅，山前山後一片寂靜，

若非處處白煙升騰，真要讓人以為方才不過是一場噩夢。

那女子回過身來，姿容絕代，秀美之中又隱有威儀，讓人不禁生出敬意。徐鳴皋見她一出手便將怪物制伏，知她來歷必然不凡，旁邊還有嘍兵以為是神仙下凡，早已跪拜在地。徐鳴皋上前一步，向那女子大禮參拜，謝她救命之恩。那女子身子微側，笑道：「賢姪不用多禮。」她見徐鳴皋一臉迷茫，忍不住笑道：「我是霓裳子，海鷗子是我義弟。」徐鳴皋聞言大喜，見禮過後，聽霓裳子娓娓說起這怪物來歷。

原來久遠之前有個惡人葬身在此，死了之後一口氣不散，竟然變成僵屍，年深日久，僵屍又變化為旱魃，旱魃又變為火狐，最後竟化身成為這條孽龍。孽龍渾身火焰，到處釀災，最後被一名上仙鎮壓在此峰之下，在峰上留下五雷封印，讓牠無法為害世人。誰知今日正逢火年火月火日火時，偏巧徐鳴皋又在山中放火燒寨，一時之間，凡火引動天火、石中之火與這孽龍身上之火，彼此勾連感應之下，孽龍竟破開封印。

徐鳴皋聽了這話，不禁心生愧疚，說道：「都是我的過錯，幸有師姑到來，才免了一場大災。」霓裳子笑道：「這也是命數使然，時運所致，賢姪不必自責。我也是湊巧經過此地，既解了師姪之厄，又為天地除

此一害，一舉兩得，豈不快哉！」徐鳴皋聽霓裳子如此說，心下一寬，點頭笑道：「難得與師姑相見，不如下山一敘。」霓裳子搖搖頭，笑道：「日後自有相見之期，不急於此時。」說著衣袂輕揚，白影一閃，人已不見蹤影。徐鳴皋與李武幸得霓裳子相救才得死裡逃生，又見她來無影，去無蹤，對劍仙絕技又是感嘆，又是讚佩。兩人談論了一會兒，有嘍兵來報一切收拾妥當，徐鳴皋命他們各自回家，立業安居，他與李武兩人便結伴往南昌而去。

　　一路翻山越嶺，遊山玩水，徐鳴皋性喜山泉丘壑，一見了名山勝景，便要多盤桓幾日，沿路這樣走走停停下來，直走到元宵佳節，兩人才到安義山中。這一日正在山道上遊逛，徐鳴皋與李武指點山水，心情無比舒暢，忽然一陣風吹過，徐鳴皋心中一跳，正要說話，眼前突然飛沙走石，塵土漫天飛揚，颳得兩人都睜不開眼。等到風聲止息，李武睜開眼來，徐鳴皋竟然不見蹤影，他大吃一驚，想去找人，又怕徐鳴皋回來，兩人錯過，只得在原處等待。等了許久，徐鳴皋依然半點消息也沒有，李武擔心起來，山前山後找了一回，卻連他一根頭髮也沒看見。眼見日色稀薄，他心中無奈，只得往山村借宿。

　　翌日曙光才露，李武又出

去尋找，奔波了一天，不想徐鳴皋仍舊蹤跡全無。李武不死心，一天又一天的找下去，探察的範圍日益加廣，過了一月有餘，他為了找徐鳴皋已來到南昌縣，正在惶惑不安，難以支持的時候，忽見眼前閃過一道熟悉的身影，他大喜過望，邁開腳步奔上前去，歡聲喊道：「師父！師父！」自在安徽失散後，一直未得師父消息，如今異地相逢，又是劫後餘生，李武的叫喚聲中不免多了幾分依戀之意。

狄洪道聞聲回過頭來，看到李武向他奔來，心中也甚歡喜。師徒倆說起別後情景，各有經歷，待聽得徐鳴皋在怪風中消失一事，狄洪道眉頭一緊，也覺怪異，便向李武說道：「眾兄弟都在前方興隆樓上，羅兄、慕容兄都在此間，咱們先去和他們會合，再做打算。」李武聽說王能與其他師伯、師叔就在附近，心下一寬，當下跟著師父往興隆樓去。上得樓來，果然見到慕容貞、羅季芳、徐慶、楊小舫等人都在那裡吃酒，其中還有兩個生面孔，經王能說明，才知一個是當地豪傑周湘帆，另一個則是雲陽生的高徒包行恭，幾個人意氣相投，早已歃血為盟，結為異姓兄弟。

當下重整杯盤，李武說起徐鳴皋失蹤一事，羅季芳聞言立刻要到安義山去尋，李武連忙阻止，說道：「師伯且慢，小姪一路尋來，

都未能得到徐師叔消息，師伯這一去，要是也失散了，可怎麼好？」眾人均點頭稱是，要羅季芳稍安勿躁，先商量個對策出來才是。

「莫不是山中有猛虎出沒，被大蟲拖去了不成？」王能幼時常聽說山中有猛虎吃人，心中一直有陰影。狄洪道看了徒弟一眼，說道：「胡說！你徐師叔哪裡還怕大蟲！」

包行恭沉吟道：「大蟲是不可能，想徐兄英雄了得，區區虎豹豈能傷得了他！依我說，深山窮谷之中，精怪魑魅，無所不有，其中最厲害的叫做飛天夜叉，真真是神通廣大，不只能隱形，還能變化美婦孩童、昆蟲鳥獸，而且飄忽來去，穿牆入戶，出沒之際往往伴隨著一陣怪風，饒你何等英雄好漢，都難逃躲，方才聽李賢姪說起來的情形，倒有幾成相似。」羅季芳本就擔憂，聽了這話竟大哭起來，拉著李武硬是要往安義山去探個究竟，眾人連忙安撫。

一枝梅慕容貞見眾兄弟情急關心，便道：「兄弟不用多慮，我想徐兄弟英雄了得，又是福緣深厚之人，即便是有什麼禍事，必然也能逢凶化吉的。我看這樣吧，我腳程快，明日便往安義山去探訪，你們便在此等我消息。」眾人知道一枝梅本領了得，均無異議。翌日一枝梅便啟程往安義山去，在山中尋了數日，仍

是蹤跡全無，正在疑惑不解之際，忽然從一叢大樹之後轉出一個美貌婦人來。一枝梅心中詫異，暗自尋思：「深山峻嶺之中，怎會有如此濃妝豔抹的女子？莫非是妖精？」想到妖精，包行恭的話不期然浮現在腦海中，一枝梅心想，莫非徐鳴皋失蹤與眼前豔妝女子有關？他心中驚異，面上卻不動聲色，細看那女子行事。

那女子身段窈窕，款款的走在一枝梅身前，突然右足一拐，就往一枝梅身上跌來。一枝梅本要讓開，轉念一想，一個跨步，已經上前扶住那女子。有了這番接觸，那女子便有一句沒一句的向一枝梅搭話，吐氣如蘭，媚眼如絲，若非一枝梅全神防備，只怕早已為她所迷。一枝梅聽那女子言語，雖是吞吞吐吐，但句句都是勾引之意，竟自稱其父官居極品，後來告老林泉，致使家道中落，兩人在此相遇，自是有緣，有意招他為婿。

一枝梅心中冷笑，臉上卻裝做被那女子面容所迷，直愣愣盯著她看。不看還不覺得，這一細看，只覺得那女子美貌之中透著一股殺氣，心中更加肯定了幾分，當下將計就計，隨著那女子來到繡樓之上。一枝梅四處觀看，見房中陳設華麗，心中更加警戒，一轉頭看見床頭上掛著一條衣帶，認得是徐鳴皋之物，不禁訝異。一枝梅心想：「此女想是山魈木魅之流，或是行恭

賢弟所說的飛天夜叉，只怕鳴皋兄弟就是為她所害。此地不宜久留，須得先下手為強。」一枝梅假做迷糊，放鬆那女子戒心，趁她下樓準備酒饌之時，從背囊中拔出刀來，縮在門後，待那女子上樓，一刀往她腰上砍去。

那女子只道得手，豈料忽有此禍，她尖叫一聲，轉過頭來，花容月貌變做青面獠牙，一枝梅再一眨眼，眼前哪裡還有人影在，只見一條巨蟒吐著蛇信，張著大口向他撲來。一枝梅見那蛇身上血流如注，不禁慶幸，若是先前稍一遲疑，只怕此刻已然葬身蛇腹。思及此，他不假思索，懷中暗器連珠價射出，那蛇精已被先前一刀傷了元氣，如今已是強弩之末，再連中數枚暗器，終於氣力難支，連聲尖嘯，癱倒在地。

第六章　聯防

　　巨蟒倒地之時，只聽一聲轟然巨響，忽然間眼前煙霧瀰漫，狂風大作，轉眼卻又天朗氣清，四野靜寂。一枝梅定定神，張眼望去，發現原本的繡樓竟然變成一座墳塋，徐鳴皋的衣帶依然掛在上頭。他四下仔細查探了幾回，竟在大墳之後看見數十具枯朽乾癟的男子屍體，但除了這條衣帶之外，並沒見到徐鳴皋的屍身，也沒再看到他的衣物配件。一枝梅曾聽人說過妖精修習邪道，須吸取七七四十九個男子精元方能成功，那些屍身顯然就是被蛇精吸取精元的男子，其中既然沒有徐鳴皋，那想來他應未曾受害。思及此，一枝梅心下稍安，抬頭看到眼前慘然陰森的景況，心想此時無暇為他們安葬，不如放一把火燒了，塵歸塵，土歸土，善惡賢愚，俱歸寂滅。熊熊火光中，一枝梅將徐鳴皋衣帶繫在腰間，轉身邁步急急往南昌而去。

　　回南昌後，一枝梅急著要將此事告知眾兄弟，便往周湘帆莊上去尋羅季芳等人，卻見莊門緊閉，不聞半點人聲，他心知有異，假做無事，快步從莊上離開。

信步來到茶樓裡，<u>一枝梅</u>尋了個位子坐下，賞了小二幾文錢，讓他送上茶來，順便要他將最近的新聞向他說一說。小二得了賞錢，喜不自勝，嘴裡如倒豆子似的說起近日之事，他越聽越驚，臉上卻不動聲色，待小二說得差不多了，就揮揮手讓他下去。<u>一枝梅</u>心裡早猜到<u>周</u>家出了事，只沒想到竟是被<u>寧王</u>抓了去，聽店小二的描述，除了<u>周湘帆</u>之外，尚有<u>楊小舫</u>、<u>包行恭</u>都陷在<u>寧王</u>府中，但不知<u>徐慶</u>等人又到哪裡去了。

<u>一枝梅</u>心中憂急，好不容易等到月上中天，他換上夜行衣，飛簷走壁，隻身來到<u>寧王</u>府。<u>一枝梅</u>伏在屋頂上，整個人與夜色融為一體，他見府中防守甚嚴，正在尋思往何處下手，忽見眼前一道黑影閃過，心想此人竟是同道中人，莫非是<u>徐慶</u>等人前來營救？他身子一側，整個人貼在梁上，悄無聲息的來到那人背後。<u>一枝梅</u>出手點住那人背心要穴，那人身子一僵，卻不慌張，只將腰身一側，左手已攻向<u>一枝梅</u>面門，逼得他不得不後仰。那人趁機回過身來，兩人打了照面，俱各大驚。

「二哥，你怎麼會到這裡？何時來的？」<u>徐鳴皋</u>驚呼出聲，<u>一枝梅</u>連忙要他噤聲，兩人躲到僻靜處，這才說起別來之事。原來<u>徐鳴皋</u>當日在<u>安義山</u>為蛇妖攝去，險些喪了性命，幸有<u>玄真子</u>神機妙算，知他命

中該遭此劫，便帶著徐壽——便是當日跟了海鷗子去的徐家小廝——前來救護。玄真子給了徐鳴皋三顆靈丹，護住他的真元，指點他們往南昌來便能遇到眾兄弟。眾兄弟會合時，一枝梅已出發到安義山去，這其間他們又與當地強人發生衝突，不想那人卻是寧王安排在此的八虎將之徒，寧王軍師李自然知道徐鳴皋等人在此，命人前來追捕，幸好他們事先得到消息，退到馬家村上，留下沒有案底的周湘帆等人故布疑陣。沒想到前來追捕的人裡竟有金山寺逃出的和尚，偏偏認出了楊小舫，周湘帆等人逃避不及，終於被緝拿下獄。徐鳴皋得到消息之後前來寧王府查探，不意會在這裡遇見一枝梅，也可算是意外之喜。

　　兩人說了一會兒話，忽聽外頭有人走過，細聽之下，方知今日寧王府諸位軍將為余半仙賀壽，一枝梅知道余半仙與其妹余秀英妖法厲害，寧王倚若長城，他向徐鳴皋使了個眼色，兩人不動聲色的潛到大廳上，果見余半仙、余秀英、李自然、鄢天慶、殷飛紅、鐵背道人等人均在那裡吃酒，口裡說起捕得周湘帆等人，恰可順勢上書朝廷，彈劾俞謙包庇江洋大盜等事，如能藉此機會除了俞謙與徐鳴皋等人，也替寧王起事鋪好了道路。眾人說起此事，皆是洋洋得意，話語中不

免恭維軍師李自然謀劃的好計策。

徐鳴皋伏在屋瓦上，聽了這話不禁怒火沖天，咬牙向一枝梅道：「二哥，坐在上首的便是鄂天慶，此人武功了得，不弱於非非和尚，若是能除了他，其餘諸人便不足為懼。」一枝梅搖搖頭，說道：「此刻敵眾我寡，不可輕舉妄動，且那余半仙兄妹妖法厲害，單憑你我二人，難免遭禍，但讓他們如此輕鬆自在的吃酒，卻也未免太好過了，我可沒這等好心。」說著從懷裡拿出彈珠，朝鄂天慶面門射去，鄂天慶正在喝酒，未曾防備，竟被一枝梅一彈打落酒杯，另一彈打中眼角，若非他藝業驚人，渾身銅筋鐵骨，這隻眼睛早已廢了。

變生肘腋，廳上諸人霎時亂了起來，紛紛抽出刀劍，躍到庭中。此時月色昏暗，由下往上望去，只覺黑影幢幢，影影綽綽，卻不知有多少奸細混入，眾人怕有埋伏，一時也不敢上屋。一枝梅拉拉徐鳴皋衣袖，兩人正要趁亂離開，誰知鄂天慶眼力了得，已發現了這邊動靜，只聽他大喝一聲：「哪裡走！」提刀縱躍，追了上去，殷飛紅、鐵昂、雷大春、鐵背道人見有鄂天慶這等好手在前，紛紛提刀追趕。

一枝梅與徐鳴皋兩人輕功了得，縱身飛躍，轉眼已將鄂天慶等人拋在腦後，初時數人還能追上，但追了一會兒，功力高下便露了出來，殷飛紅等人逐漸落

在後頭，只剩鄒天慶一人緊緊追趕。又追了一陣，鄒天慶回頭已不見鐵昂等人，他欲再往前追，又恐中了埋伏，只得恨恨返回。一枝梅與徐鳴皋見追兵已去，都鬆了口氣，鬧了一夜，兩人腹中飢餓，便在回馬家村的路上，尋了個野店飽餐一頓。一邊吃飯，一邊談論，都覺此番狀況艱難，不知如何方能救得周湘帆等人。談談說說之際，忽有人欺到他們身後，一出手便拿住了兩人頸項，兩人只當是追兵到來，不禁渾身冰涼，在心中連連暗罵自己糊塗。

正在懊惱之時，耳邊傳來一陣爽朗的笑聲，捉住頸項的手同時鬆開，兩人抬起頭來，就見一個人滿臉絡腮鬍，頭戴逍遙巾，身穿黑色道袍，背負長劍，笑嘻嘻的在他們身邊坐下，拿過酒來就喝，說道：「寧王賞下重金抓捕你等，兩位賢姪倒是心寬。」徐鳴皋見此人儀表不俗，又有些面善，正要出言發問，已聽他說道：「老夫是鷦寄生，受你師父所託，特來相助。」徐鳴皋聞言大喜，忙問：「師父、師伯他們可會到來？」鷦寄生笑道：「這些個老東西，最愛賣弄玄虛，反正遲早都是要到的，倒不如像老夫早些到的好！」

一枝梅與徐鳴皋正在說須有七子十三生之流的劍仙相助，方能脫得此難，不想就得此消息，兩人俱各大喜，便向鷦寄生請教如何解救周湘帆、楊小舫與包

行恭。鶹寄生說道：「余半仙乃白蓮教徒，能撒豆成兵、移山倒海，他的妹子余秀英更是厲害，不僅能詛咒傷人，還能將穢物煉成百萬鋼針，叫作萬弩陣，厲害非常，非我所能敵，須待四哥傀儡生到來，方能破得他們。」

「不知傀儡生師伯何時到來？周賢弟他們可會有危險？」徐鳴皋本是滿心歡喜，聽了鶹寄生的話，不由得擔心起來。

「無妨！玄真子師兄妙算陰陽，那日和我說起你們十二人義結金蘭之事，說道日後寧王起事，還要你們十二兄弟協助朝廷剿除叛亂，如此看來，他們三人必然無事，只是難免要吃些皮肉之苦。」徐鳴皋與一枝梅聽了，這才放下心來。三人說話之間，卻聽店外忙亂起來，乍聽之下，竟說是有盜匪前來作亂。徐鳴皋心想此處雖在南昌城外，畢竟是在寧王治下，寧王有心要圖謀王位，治下怎會有盜匪作亂？

一枝梅與鶹寄生也覺有異，便向旁人打聽，一打聽才知道前方便是趙王莊，因莊上只有趙、王二姓居住，故此稱為趙王莊，這莊上產出的白堊土最是精良，江西瓷器天下馳名，而要燒出精美的瓷器，絕缺不得白堊土，所以趙王莊極為富裕。寧王麾下鄰天慶等大將本是地痞出身，對趙王莊的產業覬覦已久，卻又礙

於寧王聲名，不好硬搶，便經常假扮強盜前來劫掠。長此以往，趙王莊之人不堪其擾，從外頭聘來教頭，練起一隊民兵與之相抗，此時外頭人聲鼎沸，竟是鄴天慶等人打著緝拿奸細的旗號，光天化日之下，前來劫掠。

　　三人聽說此事，忙會了鈔，到前方去探個究竟。三人隱在樹上，就見鄴天慶手提方天戟，腳跨胭脂馬，威風凜凜站在大道之中，有四、五個年輕人正在與他對敵。其餘軍兵竄入街坊之中，殺人劫掠，一時之間，老弱婦孺哭喊之聲此起彼落。徐鳴皋在樹上看得大怒，此時一個年輕人舞刀向鄴天慶砍去，卻被鄴天慶一戟刺死，其餘四人見傷了同伴，合力上前，卻哪裡是鄴天慶的對手，眼見就要命喪當場。徐鳴皋見情勢緊急，縱身躍出，同時從腰間抽出刀來，就往鄴天慶頭上砍去。鄴天慶一時不防，徐鳴皋已經舉刀攻進，他不退反上，竟將頭迎向徐鳴皋的刀，口中大喝一聲：「來得好！」

　　徐鳴皋一刀砍下，只覺一股大力反激上來，鄴天慶頭角居然絲毫未損，他大吃一驚，不想這廝功力這般高強，當下舞刀護住周身，跳出鄴天慶攻擊範圍，此時一個敵將攻上前來，徐鳴皋刀勢連綿，竟將那人連肩帶手，砍下馬來。一枝梅見徐鳴皋去戰鄴天慶，

擔心他難以抵擋，早已抽出刀來，與徐鳴皋並肩迎敵。鶼寄生在樹上看見，知他二人合力也不是鄥天慶的對手，何況尚有雷大春、鐵昂等人在旁虎視眈眈，當即取出長劍，凌空向下挽個劍花，就見一道白光激射而去。雷大春等人曾吃過劍仙的虧，一看到劍光便即膽寒，一溜煙就跑了，鄥天慶竟也不懼，左手持戟與徐鳴皋、一枝梅相鬥，右手抽出劍來，去擋鶼寄生的飛劍，只聽叮叮噹噹連響，鶼寄生飛劍雖然厲害，一時居然也傷他不得。數道白光倒像生了眼睛似的，只在鄥天慶周身來去盤繞，他武功雖然厲害，在鶼寄生、徐鳴皋、一枝梅三人合力之下，難以久戰，只得掉轉馬頭，暫時退走。

　　趙王莊的莊主聽說有義士相助，連忙帶領兒子與村民前來道謝，又命莊上大擺宴席。趙莊主見三人武藝了得，有意請他們相助，徐鳴皋說起自己有案在身，若在莊上久待，只怕落人口實。趙莊主卻知今日之事後，不論徐鳴皋等人是否留在莊上，寧王府都會以此為藉口前來滋擾，勢必要掃蕩趙王莊，倒不如與寧王翻了臉，戰場上見個輸贏，以免後患。

　　徐鳴皋見趙王莊之人個個義憤填膺，不知如何回應，只好請鶼寄生定奪。鶼寄生略一沉吟，摸著絡腮鬍說道：「貴莊背負高山，右臨深谷，左面樹林深密，

七劍十三俠

山路曲折，適合埋伏，只有前面寬廣，較難守禦，但若是築起土城，倒也可以拒敵。只是獨木難支，若是能與附近莊園聯合，結成犄角之勢，彼此互為救援才好。」眾人聽說，都點頭稱是，趙莊主忙命人去和劉家莊連絡，一枝梅便到馬家村去連絡眾兄弟，其餘眾人則分頭到樹林中去設埋伏，到前方築土城。

鶡寄生見趙王莊中不分男女老幼，積極備戰，可以想見他們長久以來受到多少欺辱，一連數日，埋伏、土城、壕溝等一一完備，鶡寄生還命人多造弓弩，並設計了沒羽箭、飛雷炮兩樣禦敵利器，讓他們找工匠儘快趕造。趙王莊諸人一邊備戰，一邊遣人去南昌城中打探消息，聽說城中調兵遣將，只怕不日便要來攻打。徐鳴皋等人與趙王莊眾人同奉鶡寄生為帥，鶡寄生吩咐徐鳴皋、羅季芳、徐慶諸人各處把守，前方土城尤其要小心在意。玄貞子之徒草上飛焦大鵬本是湖北一帶的義賊，路上與狄洪道等人相遇，意氣相投，故而一起到了這裡。此時他聽說土城要緊，便請纓把守前方，鶡寄生知他了得，只囑咐他謹慎冷靜，切記不可躁進，焦大鵬一一答應。

翌日黃昏，探子連續來報，城中調集重兵，李自然帶同鄡天慶為中軍，殷飛紅領前軍，雷大春、鐵背

道人率左右二軍，波羅僧殿後，五路大軍先後向趙王莊而來。鷦寄生等人聞訊登上瞭望臺，遠遠望去，果見大隊官兵陸續進發。徐慶看了一會兒，忽覺怪異，指著敵軍後方說道：「這後隊怎麼走得如此緩慢，而且諸多旗幡掩護，倒像有什麼貴重之物似的。」聽徐慶這麼一說，眾人也覺怪異，卻猜不出個所以然來。過不多時，三路軍馬來到，羅季芳、一枝梅等人前去殺敵，一時之間喊聲震天。

鷦寄生見官軍來勢洶洶，忙命人將一百架飛雷炮、沒羽箭推出來應敵，一聲令下，石塊、毒水激射而出，打得官軍措手不及。焦大鵬、李武、王能、徐壽等人帶兵殺出，官軍大敗，損傷慘重。鷦寄生見官軍退守百步之外，正要鳴金收兵，此時卻見原本陣腳已亂的官兵穩定下來，分兩邊退入後隊，後隊作前隊，旗幡展動，也向兩邊退去，只見旗隊之後，一座紅夷大炮緩緩被推上前，後頭炮兵高舉火把，正要燃放。

焦大鵬等人見了大炮，都吃了一驚，暗道：「難怪後隊走得如此緩慢，原來是運送大炮之故，寧王用心狠毒，只不過攻打一個小小的趙王莊，竟然出動火炮，看來是有意將他們盡皆坑殺在此。」

所有人一時惶然無策，連鷦寄生都沒了主意，他雖然劍術厲害，終究是血肉之軀，如何與炮彈相抗。

若是大炮轟了過來，傷害範圍甚廣，城中諸人只怕都難逃性命，偏偏這炮離城尚有二里之遠，儘管他輕功了得，如此距離，也來不及阻止對方點火。

眼看炮兵舉起火把，就要點燃火藥引線，他忍不住大叫：「趴下！」眾人聽了這聲叫喚，盡皆撲倒在地，心中卻也知道不過是等死罷了。

過了一會兒，預期的轟炸未曾發生，原本以為烽火連天，血肉橫飛的景象也沒有出現，鷯寄生抬起頭來，看向敵方陣地，不由得心中大喜，跳起來連連拍手。旁人看了他這模樣，忍不住也向敵營望去，就見一名白衣女子如同離枝落梅，從空中緩緩落下。那女子手執長劍，衣袂飄飄，白影閃動處，無數官兵倒地，一時之間，大炮附近的官兵死的死、逃的逃，那女子欺近大炮，從地上拾起一根鐵條插進炮孔，手中長劍一揮，削平鐵條，將炮孔堵得嚴絲合縫。

波羅僧見一個女子堵住炮孔，心中大怒，帶了一隊官兵怒氣沖沖的殺過來。烽火之中，那女子回過頭來，雲鬢朱顏，火光襯托下，更顯得肌膚勝雪，嬌豔動人。見了如此明媚姿態，若是旁人不免要心蕩神馳，但波羅僧認出眼前女子正是霓裳子，他曾在霓裳子手

下吃過苦頭，幾乎性命不保，此時不由得心中一涼，一轉身拔腿就跑。霓裳子也不在意，纖腰微擺，白影一閃，人已進城去了。

焦大鵬、李武、王能等人見一個女子已將炮兵殺退，紛紛跳起來，又上去衝殺，正好遇到鄳天慶拍馬來追。幾人便在陣前鬥了起來，此時雙方各自鳴金收兵，鄳天慶有意誘敵，讓胯下馬打了個蹶，把自己摔下馬來，他站起身來，假裝受傷敗走，焦大鵬果然中計，雖然聽見收兵鑼響，但想到若能殺了鄳天慶，豈不是去了一個強敵，便提劍追了下去。鄳天慶腳程極快，只沿著山邊小路走，焦大鵬追上前去，到了山凹處，鄳天慶忽然回身，一戟向他刺來。焦大鵬吃了一驚，這才知道上當，心中大怒，提刀攻上前去。兩人來來往往過了數十招，焦大鵬不敵鄳天慶天生神力，武藝精熟，一個失手，被他一戟刺中胸口，當場斃命。鄳天慶哈哈大笑，割下首級，撮口做哨，喚來坐騎，上馬回城去了。

霓裳子來到趙王莊上，與鷦寄生、徐鳴皋見過面，不多時，一塵子領著徐慶進來，彼此見過禮後，徐慶說起方才在西路防守，險些為鐵背道人所害，幸好師父一塵子到來，這才殺了鐵背道人，救下他的性命。說話間一枝梅、徐壽、李武等人先後進來，眾人說今

天戰況，都向霓裳子道謝，霓裳子笑道：「我也是過來時偶然知曉此事，他們攜來大炮助陣，自然是因為知道眾位英雄都在此處，有意要將你們一擊斃命，這件事既然讓我知道了，當然不能袖手旁觀。這大炮雖然被我堵住炮孔，卻並未損毀，你們派人去將它推回來，待我開了炮孔，將這大炮放在莊前鎮守，豈不甚妙！」

「寧王偷雞不著蝕把米，倒是便宜咱們了！」一塵子笑道，眾人聽了這話，也都笑起來。鶉寄生見兄長到來，便將軍務託付與他，一塵子也不故作謙讓，命眾人分頭檢點戰況、清理戰場，又在莊前布置梅花椿、鐵蒺藜等陷阱。清理過後，聽說焦大鵬戰死，眾人俱各神傷，命人將他好好收殮，日後奪回他的首級，好讓他得個全屍下葬。

一連數天，趙王莊兵事在一塵子的主持之下，日益興旺，遠近村莊紛紛前來助軍助餉，稍稍沖淡了焦大鵬戰死的哀戚氣氛。眼見莊上軍務井井有條，上上下下士氣高昂，只等來日與敵軍交戰，不想接連數日，都不聞前來攻城的消息。一塵子正要命人前去查探，早有探子來報：「連日裡四處都有兵馬到來，集結在城中，忙亂異常，仔細估算起來，這半個月來倒已有好幾撥兵馬進城去了。」

一塵子聽了這個消息，皺眉說道：「如此說來，若

將半月來進城的兵馬算進去，加上城中原有的兵馬，此時南昌城裡的兵馬至少有四十餘萬，莫非寧王假意要對付趙王莊，實際上是要趁機興兵造反不成？否則，哪有為了一處村莊如此興師動眾的理？」

「是了！他若要造反，勢必以趙王莊祭旗，滅了趙王莊後，先取蘇州、南京，便可長驅直入，一路打到北京去。」聽徐鳴皋這麼一說，眾人都覺有理，一塵子帶領眾人來到瞭望臺上，徐鳴皋取出望遠鏡看去，只見南昌城中營帳密密麻麻，各處都在操演兵馬。他看得暗暗驚心，忽見校場之中，並無兵馬，卻紮了一個金頂蓮花大帳，不知何故？徐鳴皋將望遠鏡交給一塵子，指著蓮花帳的位子，說道：「師伯，你瞧，這可奇了，怎麼那邊各處營中都在操演兵馬，卻偏偏將校場空了下來，還紮了一頂蓮花帳子。」

一塵子聽了這話，心中一動，接過望遠鏡仔細一瞧，說道：「賢姪，這並不是營帳，而是個茅篷，且四周不見旗幟刀槍，倒是插滿了黑旗，周圍千門萬戶，望去愁雲密布，殺氣騰空，只怕是煉什麼妖法的陣圖，也未可知。」徐鳴皋聽了這話，見一枝梅、徐慶、狄洪道等人盡皆臉色凝

重，正要說話，就聽一塵子接著說道：「此處妖氣沖天，不知那余半仙弄什麼玄虛，為求萬全，我今夜便去探他一探。」

徐鳴皋聽了這話，忙道：「師伯豈可一人前去，不如帶了小姪一起。」一塵子點點頭：「這樣也好，只是敵將厲害，務必小心在意，以免打草驚蛇。」兩人說定等到二更時分前去探營，一枝梅等人原也想一同前往，彼此也好有個照應，一塵子卻道人多雖然勢眾，但夜探敵營反而容易有失，因此嚴令其餘眾人在原處嚴守，慎防有變。

第七章　招魂

　　到了二更時分，一塵子與徐鳴皋換了裝束，飛身往南昌城而去。徐鳴皋輕功已是了得，此時見一塵子縱身飛躍，有如蜻蜓點水，一躍十餘丈，好似一道青光，無影無形，聲息全無，心中暗暗喝采。須臾之間，兩人來到校場邊，藏身譙樓之上往下望去，只見校場中央紮起一個饅頭也似的大茅篷，占地約莫五畝。茅篷上插著三百六十五面黑色旗幡，點了一百零八盞燈，那燈光幽幽綠綠，釋放出森森寒意。茅篷周圍站著兩三千個人，都穿著黑衣紅帽，一個個似人非人、似鬼非鬼，動也不動。兩人在譙樓上一看，都覺陰氣逼人，一塵子雖然劍術通神，卻也不敢下去。兩人又觀望了一會兒，越看越覺毛骨悚然，不敢多作停留，悄悄的從校場退了出來。

　　一塵子正要回去，卻聽徐鳴皋說道：「既然到了此處，不如進到寧王宮中探查一番，如何？」一塵子眉頭微皺，略一沉吟，道：「務必小心。」兩人飛身上房，足不點地，轉瞬來到寧王宮中花園。院中燈火輝

煌，似乎尚在議事，兩人伏低了身子，隱在屋脊邊，悄悄靠近，向下張望。宮殿室宇華麗，燭火璀璨，屋內只有一個十八、九歲的美貌女子端然而坐，正在凝神細看桌上的一張圖畫，此外並無旁人在內。

徐鳴皋見那女子看圖看得如此專注，不由得好奇心起，稍稍抬起頭來，張眼看去，圖上畫的都是房屋，櫛比鱗次，屋舍儼然，雖然無比工整，卻不知道究竟有什麼好看，竟能讓那女子看得這般聚精會神。思及此，他忍不住往那女子臉上看去，就見那女子原本沉靜如白蓮的面容閃動，似是吃了一驚，隨即一抹笑意在嘴角生起，整個人好似蓮花盛放一般，光華動人。徐鳴皋見那女子原本只是左右瀏覽的視線，此時聚焦在圖畫的某處，忍不住又抬眼望去，這次卻看到原本工筆細摹的屋宇上顯現出兩個人影來，一個光頭，一個頭戴武生巾，遠遠望去依稀是他與一塵子的模樣。徐鳴皋心下生疑，故意將頭晃了一晃，沒想到圖畫上戴著武生巾的人影竟也跟著晃了一晃。徐鳴皋大吃一驚，正要對一塵子說起此事，誰知一塵子早已發現有異，一拉他的衣袖，在他耳邊低聲說道：「快走！」

兩人身形才動，那女子從袖中掏出一樣東西，回身向庭心撒去。一塵子見情勢緊急，拉著徐鳴皋便飛身躍過屋簷，足不點地，飛也似的去了。徐鳴皋只覺

身後一股怪風襲來，回頭看見庭心捲起一陣黑煙，升騰至半空中時卻忽然散開，變成一張黑色的大網，來勢洶洶的從身後直籠過來。徐鳴皋大驚失色，眼看黑網撲面而來，忍不住倒吸一口氣，一塵子雖未回頭，聽他這吸氣聲，也知情況緊張，一提內勁，兩人瞬間飛出數丈有餘。

一塵子拉著徐鳴皋直奔出數里之外，見黑煙似的密網不再襲來，方鬆了一口氣。徐鳴皋驚魂未定，一面喘氣，一面只覺頭上生涼，他伸手往頭上一探，這才發現頭上戴著的武生巾不知何時竟被黑煙捲去。他略一定神，吞了口水，才道：「好生厲害，這是什麼妖法，那女子明明看的是圖畫，庭中動靜居然盡皆知曉，若非師伯見機迅速，帶著小姪一躍數丈，小姪早就失陷在府中了。」

「早就聽說余氏兄妹妖法厲害，余半仙的妹子余秀英比起他更加了得，不想竟有如此功力，若非修練道術的劍仙之流，勢必難以抵擋，方才情勢凶險，看來我與他們不過在伯仲之間，須待玄貞子大哥到來，方才破得了他們。」一塵子面色凝重，說話間兩人已來到趙王莊前。聽一塵子如此說來，徐鳴皋忍不住問道：「聽師伯這樣說起來，顯然劍仙俠客的修為各有差異，卻不知道諸位師伯叔中，要推何人為首呢？」一

塵子想了想，說道：「若論起修為來，首推玄貞子和傀儡生，若論劍術精妙，妙算陰陽，預知吉凶，自然是玄貞子獨步天下；可若論起呼風喚雨，撒豆成兵諸般妙法，卻讓傀儡生為第一，說起來，兩人各有所長，倒難分軒輊了。」一塵子話才說完，忽聽耳邊傳來一聲笑語：「不過是幾日未見，賢弟就這般掛念老朽，倒叫老朽不好意思起來了。」

　　一塵子聞聲大喜，回頭一看，果見玄貞子一派輕鬆的站在那裡，笑盈盈的望著他們。一塵子和徐鳴皋夜探寧王府受了好大的驚嚇，此時見到玄貞子都是喜出望外，忙將他引入堂上，又命人去喚鴛寄生、霓裳子、默存子與眾兄弟等前來相見。眾人一番寒暄之後，玄貞子說道：「老朽先前就要來的，不想路上耽擱了，所以晚到了一步。我料想余半仙妖術了得，又算知你們大禍臨頭，特地前來相助。原本傀儡生賢弟是要一起過來的，但老朽託了他一事，只怕會晚一點。」

　　玄貞子看了下在場眾人，只見一塵子、霓裳子、默存子、山中子、海鷗子、鴛寄生、河海生都在眼前，沉吟道：「咱們這

裡人不齊啊，得把人都叫了來才是。」話音才落，玄貞子轉身向外，凌空而書，半空中隱隱然現出了字跡，寫完之後，他袍袖一揮，一道白光射出，將白煙似的字跡捲到空中，有如煙花一般爆開，數道白光激射而去，倏忽不見。不過是一眨眼的功夫，數道白光又飛了回來，玄貞子伸手抓過，白光在他手中化為一把長劍，劍上插著幾封回信。玄貞子看了信後，說道：「凌雲生、御風生、雲陽生、獨孤生、臥雲生、羅浮生、一瓢生、夢覺生、漱石生、自全生諸位賢弟眼下都在海外，過幾日才能到，倒是飛雲子就在湖北，轉眼就能到了。」說著袍袖一捲，所有書信盡皆化做白煙散去。

一塵子見眾人都看傻了眼，正要解釋，忽聽外頭有人說道：「好一招『飛劍傳書』的妙技，臭牛鼻子又在炫耀本事了是吧？雖然就只你能一劍飛傳數人，也用不著這麼早就丟出來獻寶啊！」眾人循聲望去，只見傀儡生笑著從外面走進來，後面還跟著一個人，卻是先前在莊前陣亡的焦大鵬，眾人原本見了玄貞子飛劍傳書的絕技只是驚訝，此時卻是不折不扣的驚嚇了。

「好賢弟，果真不負所託！」玄貞子笑道，回頭見徐鳴皋等人一臉驚駭，只得略做解釋。原來玄貞子妙算陰陽，能知未來之事，他知道余半仙擺下招魂大

法，要作法傷害趙王莊上下萬餘人性命，此陣妖法厲害，不論是劍仙或凡人，若有肉身，只要入陣便是有死無生，所以需要有人脫卻凡胎，方能進去破陣。也是焦大鵬命中注定有此刀兵之厄，玄貞子早已算出前日他會死於鄣天慶之手，便請傀儡生來度他魂魄，助他兵解成仙。

「什麼叫兵解成仙？」羅季芳聽如此說，忍不住要問個清楚，至少要確定眼前這個人不是鬼才成。

傀儡生說道：「自來仙家有一派流傳，若要度脫凡人成仙，必須要此人死於刀兵之下，方可度脫凡胎，這就叫做『兵解』。當日賢姪陣亡的時候，我依從玄貞子大哥的指示，將他魂靈度去，回山煉魂，共花了七晝夜之功，方成此大事。」徐鳴皋等聽了，忍不住嘖嘖稱奇，又賀焦大鵬福緣深厚，得修劍仙之術。

「對了，方才師伯說到余半仙擺下招魂陣，不知這又是什麼妖術？」徐鳴皋問道。玄貞子聽了這話心中訝異，問道：「你們沒瞧見余半仙在校場中擺下了陣式嗎？他用柳木刻成一寸三分長的小木人一萬餘個，在校場中央設立法壇，將木人放在壇上，日日作法，一旦百日功成，只要將這些木人丟在水中，合莊之人，同時淹死，若是拋入火爐，則個個烈焰焚身，若將木人的頭切下，所有人瞬間身首分離，即便我等劍仙，

若未曾脫卻凡胎，也無法抵擋。」眾人聽了這話，盡皆色變，他們只道寧王要趁機舉事，不想其中竟有如此狠毒的陰謀。

「莫非那頂蓮花帳就是什麼招魂陣不成？」徐鳴皋問道，見玄貞子與傀儡生一起點頭，便道：「難怪當日靠近那茅篷時只覺陰風陣陣，無比詭祕，不曾想是如此凶險狠辣的妖術。」傀儡生聽了這話，笑道：「所幸你們當日沒有貿然入陣，若是進去，被那陣法所傷，只怕屍骨無存。」所有人聽了這話，臉色都不自覺凝重起來，徐鳴皋問道：「三位兄弟還陷在寧王宮中，生死未卜，這陣法又是如此厲害，不知如何方能破得？」

「賢姪別急，他們三人雖然失陷，但包行恭包賢姪下山之時，我曾給他丸藥一顆，讓他急難之時可用，有此丸藥在手，他和楊小舫、周湘帆想來是不會有事的。至於破陣嘛，焦賢姪已然兵解成仙，再等其餘幾位師兄弟到來，余半仙的妖法指日可破，不用擔心。」

看傀儡生胸有成竹的樣子，徐鳴皋不禁鬆了一口氣，他聽玄貞子、傀儡生將陣法說得如此厲害，心裡不禁好奇茅篷內是何光景，忍不住問道：「師叔與焦賢弟前去破陣時，不知能否帶同小姪一起前往？」徐鳴皋這麼一問，傀儡生神色一動，奇特的笑意在嘴角一閃而過，道：「未為不可。到時你便藏匿在我的袍袖之

中，一起同去，便可保無虞。」

徐鳴皋未曾注意傀儡生臉上倏忽閃過的笑意，玄貞子雖然看見了，卻只微微一笑，不置可否。他招手讓焦大鵬走上前來，對眾人道：「老朽這徒兒雖經傀儡生賢弟度化，兵解成仙，但畢竟時日尚短，恐怕於劍術一道領略不深，來日只怕幫不上什麼忙。常言道：『臨陣磨槍，不亮也光。』老朽這便帶他回山臨時抱佛腳一番，日後也好多個膀臂，待數日後眾兄弟來齊，老朽師徒倆再來共商大事。」話聲才落，玄貞子袍袖一揮，眾人只覺一陣風捲起，再睜眼看時，玄貞子師徒已然不見。傀儡生搖搖頭，笑道：「這牛鼻子就是這個德性，仗著能掐會算，比別人多知道些將來之事，就這樣神神祕祕、陰陽怪氣的，還怕人家不知道他不成？」眾人聽了這話，忍不住都笑了。

數日過後，焦大鵬回到趙王莊，途中還殺了兩個寧王派去蘇州城裡應外合的頭陀，煞了煞寧王的威風。回到莊上，六子十三生都已齊聚，只不見他師父玄貞子回來，眾人紛紛問起此事，焦大鵬只是含糊的說師父有事耽擱，來日必到。傀儡生見焦大鵬話說得模糊，已知玄貞子之意，當即岔開話題，說道：「連日裡安排已定，就等你回來好去破陣，其餘人等嚴守崗位，請各位道兄往來救應，只不要往妖人陣中去，以免著了

他的道。」

　　事情都交代好後，傀儡生招呼焦大鵬與徐鳴皋過來，左手袖子對著徐鳴皋一張，便將他罩了進去，口中說道：「賢姪雖然勇力過人，畢竟是肉身凡胎，入到陣中難免為妖法所害，此為『袖裡乾坤』，你安坐其中，切勿慌亂。」說完向焦大鵬點了點頭，兩人御風飛行，轉眼就不見蹤影。徐鳴皋坐在袖子裡，耳邊只聽見風聲呼呼作響，不一會兒就安靜了下來。

　　傀儡生與焦大鵬飛身來到陣法上空，兩人低頭對那金頂蓮花篷指指點點，焦大鵬雖已脫卻肉身，仍覺腳下陰風陣陣，似有刀兵砍斫之感，不由得說道：「這妖法果然厲害！」傀儡生指著帳外的旗幡、燈盞以及那數千個人鬼難分的假人說道：「帳外布置雖然陰森幽詭，不過是障眼法罷了，只要不去觸動，便不起作用，真正厲害的是帳內千門萬戶，迴環曲折，但凡走錯路徑，立即有性命之憂。」他一邊解釋，一邊對應星宿方位，掐指算了一算，說道：「跟緊我！」拉起焦大鵬的衣袖，閃身竄入茅篷之中。

　　一進到茅篷，焦大鵬只覺天旋地轉，難辨方位，傀儡生在他額心輕輕一點，定住他的神魂。焦大鵬心神略定，咋舌不已，心想自己已是兵解之人，在這陣中都險些魂飛魄散，若是凡人到此，肉身豈非立刻化

為齏粉。陣中路徑千迴百轉，但傀儡生緊緊拉住焦大鵬的手，毫無遲疑的向前走去，走沒多久，兩人已來到陣法中央。原本伸手不見五指，陰冷幽暗的茅篷，到了陣法中央竟顯得格外平靜。傀儡生說道：「此陣便有如旋風一般，外圍處處煞氣，凶險萬端，中央卻是再平靜也沒有。」說著將袍袖一抖，徐鳴皋從袖子裡滾了出來，他站起身來，環顧四周，只覺四下裡說不出的陰森詭譎，不由得打了個冷顫。

傀儡生指著祭壇上說道：「你們瞧！」焦大鵬和徐鳴皋順著他手指的方向看過去，果見祭壇上擺著一萬多個柳木削成的小木人，每個木人手足似乎都能活動，前頭各有燈火一盞，散發著綠油油的妖異光芒，一萬多個木人咿咿呀呀、密密麻麻的在燈前晃動，一眼望

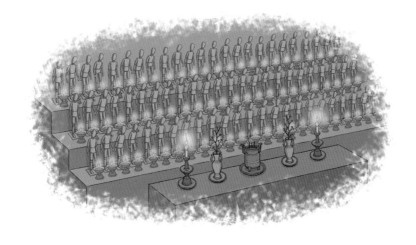

去只覺毛骨悚然。「這就是招魂燈，余半仙那廝此刻便在下面作法，若是百日之功功行圓滿，趙王莊上一萬多人的魂魄都會聚集到木人身上，到時是生是死，就都由他余半仙說了算了。」

徐鳴皋聽得驚懼不已，忙問：「敢問師伯，此陣該如何破它？」傀儡生笑道：「賢姪莫慌，此陣難入易破，咱們既到了陣法中央，要破它已是易如反掌。」說話間他已閉上眼睛，右手捏訣，腳踩禹步，口中念念有詞，不一會兒，傀儡生睜開雙眼，低喝一聲：「破！」徐鳴皋只見一道勁風夾著白光閃過，祭壇上一萬多盞招魂燈瞬間熄滅。傀儡生右手劍指凌空虛畫，左手衣袖霎時呼呼鼓起，此時那道勁風猛然倒捲回來，將祭壇上一萬多個木人盡皆收進袍袖之中。傀儡生抖了抖袖子，回身張開右手衣袖，笑著向徐鳴皋說道：「好了，你也進來吧！該去救你三位兄弟了。」徐鳴皋點點頭，身子一矮，已被他納入衣袖之中。傀儡生收攏衣袖，轉頭叮囑焦大鵬：「你且在這裡守著，防著妖人出來。」說著邁開大步，直奔寧王府去。徐鳴皋猛然想起先前和一塵子險些被抓的事，忙向傀儡生說起余秀英那幅怪圖，誰知他並不在意，只是淡淡一笑，道：「此事何足為懼。」

傀儡生口中念了個隱字訣，一晃眼已將身形隱去，

七劍十三俠

余秀英雖然法寶精妙，卻也顯不出他的形影。傀儡生輕輕巧巧的穿過余秀英的把守，尋到天牢所在位置，讓徐鳴皋從衣袖中出來，一起尋找楊小舫等人的蹤跡。兩人越進越深，終於在天牢盡處的牢房內看見三人，傀儡生長劍一揮，破開牢門。楊小舫三人受困多時，都是靠著傀儡生給包行恭的丹藥方能支撐下來，此時見傀儡生與徐鳴皋前來搭救，歡喜之情，溢於言表。包行恭正要說話，只聽傀儡生：「此地凶險，不宜久留。」說著袍袖一揮，將三人收進右手衣袖中，轉身便往外走。徐鳴皋連忙跟上，出了天牢，臨近宮門時，傀儡生才對徐鳴皋說道：「你也躲進袖子裡來吧，免得著了妖女的道。」

　　話才說完，身後傳來一聲嬌叱，緊接著一陣黑煙襲來，徐鳴皋已被余秀英用天羅地網罩住。傀儡生旋身避開天羅地網，騰身飛到空中，將身形隱去，趁余秀英出去追察自己的空檔，悄悄來到徐鳴皋身旁，在他耳邊輕聲交代了幾句話，抬頭見余秀英轉身回來，便即離去。傀儡生飛在寧王府半空，遠遠就看見茅篷那邊銀光、白光交錯，知道焦大鵬已與余半仙動上了手，連忙飛往茅篷。

　　傀儡生趕到時，焦大鵬早與余半仙鬥了半日，正感氣力衰竭，此時海鷗子在旁看見，連忙祭出長劍，

直指余半仙。余半仙見焦大鵬來了幫手，也不驚慌，只將手中長劍對空晃了一晃，一柄長劍憑空飛出，在半空中抵住海鷗子的長劍，兩劍在空中盤旋飛舞，相互擊刺。余半仙手中長劍劍勢未曾稍緩，默存子、山中子見焦大鵬勢危，兩人一聲低喝，右手劍指由上而下往余半仙方向劃過去，嗤嗤兩聲，兩道銀光直往余半仙面門射去。余半仙冷笑一聲，屏住呼吸，鼓足了勁呼出，兩道白煙從他鼻孔中竄出，與攻來的兩道銀光一激，錚錚連響，彼此斫刺。

霓裳子、一塵子、飛雲子在一旁看了，面面相覷，霓裳子道：「這妖道如此了得，果然名不虛傳，可惜持身不正，今日你我道友齊聚，萬不可讓他逃了性命。」話音剛落，霓裳子已飛在空中，右手結起蘭花指，凌空虛點，手中綢帶宛如銀光激射而出，夭矯迴旋，飄忽不定。同一時間，一塵子、飛雲子也將長劍祭出，三道銀光先後發出，卻同時來到余半仙面前。眼見又來了敵人，余半仙大喝一聲，口中、耳中竄出三道白煙，擋住三道銀光，一時之間，半空之中，白煙、銀光你

來我往，相互拒迎，鬥了個熱鬧非凡。余半仙雖未落下風，但見敵人勢眾，精神一餒，漸漸招架不住，他心下憷然，口中持咒，茅篷邊二、三千個非人非鬼突然活動起來，一擁而上，霎時間陰風慘慘，黑氣沖天，天地中傳來鬼哭狼嚎之聲，聲音淒厲，令人聞而生怖。

傀儡生看焦大鵬與六子合攻余半仙，久鬥不下，玄貞子又久久不至，想起焦大鵬先前神色不定，知道自己猜的沒錯，余半仙今日果然命不該絕，所以玄貞子故意遷延未到。此時見余半仙施用妖法，擾亂陰陽，祭出大批鬼兵殺上前去，傀儡生連忙抽出背上長劍，一個大鵬展翅，騰身飛到半空中，手中寶劍凌空畫符，足下虛點北斗七星步。踩到第七步時，半空中虛符畫定，傀儡生空際轉身，一個迴旋之後，一道劍光從他手中長劍發出，瞬間直衝九天，在天際迸裂為數千、數萬點銀光，幻化為神兵千萬，上前將余半仙召喚出的鬼兵殺得一個不留。

鬥法敗陣，余半仙大吃一驚，腳下一個踉蹌，險些摔下祭臺。他未曾想到敵陣中竟有能施「撒豆成兵」之術者，致使此番功虧一簣。余半仙心中恨極，假裝狼狽敗逃，拔腿奔至寧王府中，想引誘敵人乘勝追擊，再讓小妹余秀英取法寶來將他們一網打盡。豈知傀儡生心中另有計較，並不上當，連忙鳴金收兵，領眾人

轉回趙王莊去。余半仙見誘敵不成，已是惱怒，再想到自己一番計較，多日苦心，最終盡付流水，更是怒火中燒，若不能治死這些多事的劍客，自己顏面何存，更有何面目去見王爺？

思及此，余半仙一咬牙，腳跟一轉，直奔寧王與眾臣議事之處，稟告招魂陣為人所破。寧王聞言大驚，皺眉道：「先生陣法如此厲害，竟也被他們破去，這小小趙王莊竟有這般能耐？如此一來，尚有何計可以攻下此莊？」聽了這話，鄭天慶忙起身說道：「王爺豈可

長他人志氣，滅自己威風，臣請旨領兵去剿滅趙王莊，不破此莊，誓不回還。」鐵昂、波羅僧、薛大慶等大將聞言紛紛附和，寧王見手下眾將勇猛爭先，心中雖喜，卻也不禁憂慮，便道：「鄭將軍雖是勇力過人，無奈彼等多有劍客相助，只怕難以取勝。」

余半仙跪伏在地，道：「王爺恕罪，貧道當初擺下

陣法，本擬將趙王莊一網打盡，不曾想竟有這許多劍客不顧修道規矩，插手紅塵俗事，因此疏於防範。懇請王爺許貧道戴罪立功，今有郟將軍等願領兵前去挑戰，誘敵出莊，貧道便在城下擺起迷魂陣，只要他們走入陣中，即便是劍客也插翅難逃。郟將軍等出戰時若遇到劍客，不須與他們正面衝突，大可退入城中，城門大開，任他們追來，只要將劍客都收拾了，破小小一個趙王莊，不過是探囊取物罷了。」寧王聽了這話，大喜過望，連忙命人扶起余半仙，說道：「先生既如此說，那便儘快將陣式擺下，郟將軍等領兵出戰誘敵，其餘軍務便由軍師分派。」

─第八章 迷魂

　　當余半仙等人在議事廳上同仇敵愾，誓破趙王莊時，徐鳴皋已被侍女捉拿到余秀英面前。先前徐鳴皋被天羅地網罩住，傀儡生若要將他救出亦是不難，但他知徐鳴皋與余秀英有宿世糾葛、夫妻緣分，因此只在徐鳴皋耳邊吩咐了幾句，便即離去。徐鳴皋聽了傀儡生之言，雖感詫異，但知他所言多有深意，因此也不多想，只是假意出力掙扎，以免被看出異狀。

　　余秀英飛身到庭中查探了一番，四處未見傀儡生的蹤影，最終廢然而返。回到屋內，命侍女將徐鳴皋綁了，帶上來好好審問。侍女將徐鳴皋雙手綁縛在背後，推著他來到余秀英面前，命他跪下。徐鳴皋身上運勁，整個人站得直挺挺的，兩條長腿筆直，任憑侍女怎麼踢打，也不肯彎曲分毫，他冷笑一聲，喝道：「我是英雄好漢，頂天立地，豈可向這妖女下跪！」

　　像這種逞英雄的話，余秀英藝成以來，也不知聽過了多少，她冷冷一笑，正要說話，眼神不經意往徐鳴皋掃去。只這一眼，余秀英心中一暖，竟覺他看來

無比親近熟悉，忍不住再看一眼，眼前的徐鳴皋長身玉立，相貌非凡，雖然一時受困，卻絲毫不顯狼狽窘迫，單單是這一份氣勢，就非他人所及。余秀英心中暗暗稱許，一時柔情蜜意溢滿心懷，臉上也不覺帶了笑意。徐鳴皋見她原本冰冷的面容忽露笑意，好似冰雪初融，梅花初綻，心中不覺一動。想起傀儡生說他與余秀英皆是童男童女之身轉世，兩人前世雖有姻緣之分，只因專心修道，畢生不曾洞房，因此兩人雖有夫妻名分，卻無夫妻之實。如此這般，輾轉糾葛，到今生已是第十世，所以兩人的夫妻緣分在今生必然會有個了結。

　　「了結」二字剛在徐鳴皋心頭閃過，他眼神不由得向余秀英瞄去，正巧余秀英也在打量他，兩人眼光不期然撞在一起，內心波瀾頓起。余秀英雖然道術精妙，勝過乃兄數倍，但不能推算陰陽，就無法知曉過去未來之事，因此也不知她與徐鳴皋竟有十世姻緣。余秀英見徐鳴皋剛毅的臉上似乎露出了些許溫柔神色，只道他對她有意，便笑道：「你既不跪，那也罷了。只是你既已被我拿住，又是王爺通緝的首要正犯，若是我將你交出去，只怕你性命難保。不如就此歸附王爺，我再為你求情，從此你我同享功名富貴，你道如何？」

徐鳴皋聽她語中頗有求好之意，又想起傀儡生吩咐他近日儘量拖住余秀英，別讓她到陣前相助余半仙，便道：「寧王妄動干戈，實是叛逆之人，要我投降歸附，卻是休想！小姐有此情義，徐某感激在心。」余秀英聽他語氣先是斬釘截鐵，待說到自己時卻軟了幾分，心中不禁喜悅，想來勸服他不過是早晚的事。正待再說，只聽外頭傳來兄長的叫喚，余秀英忙命人將徐鳴皋押入房中，余半仙走了進來，說起陣式被破之事，要向余秀英借天羅地網，明日擺下迷魂陣迎敵。余秀英一一答應了，笑道：「哥哥不用擔心，有這天羅地網在手，任那些劍客手段再怎麼厲害，都得束手就擒。」

余半仙笑道：「全仗妹妹相助。對了，聽聞妳將徐鳴皋擒拿到手，此人是要犯，王爺恨之入骨，妹妹怎麼還不解送至王爺面前？」余秀英聽了這話，臉色一紅，笑道：「我看那徐鳴皋倒是個好漢，若是一刀殺了，豈不可惜？若能勸得他歸降，王爺也可得一大將，所以想勸降他之後，再向王爺稟告。」余半仙低頭尋思，沒注意到余秀英臉上神色，只道：「這樣也好，只是我看徐鳴皋不像是會投降之人，若是不能勸服他，便即早殺了，以免後患。」余秀英低下頭，道：「妹子曉得。」余半仙點點頭，吩咐她好好守著宮門，自往

七劍十三俠

寧王書房去了。

　　余半仙走後，余秀英轉身入房，對徐鳴臯軟言相勸道：「你可聽見了？若是你不降，必有性命之憂，明日我哥哥擺下迷魂陣，再有我的天羅地網相助，那些劍客絕無生路，寧王成就大業也是遲早的事，你何苦執迷不悟？」余秀英黛眉微蹙，深情的望著徐鳴臯，徐鳴臯見了她略帶憂慮的神情，心中生起一股喜悅之意，語氣也稍微軟了些：「小姐不必多言，男子漢大丈夫，死則死矣，又有何懼！只是有負小姐情義，徐某感愧。」

　　余秀英咬住下唇，跺足道：「你……你……真是不知好歹！」轉身進入內室，兩個貼身侍女連忙跟上。兩人見余秀英深鎖雙眉，忍不住勸道：「小姐，依奴婢看，徐公子對妳並非無意，只是不肯投入王爺麾下，妳大可不用急著勸他歸降，不如先成就妳們的好事，兩人成了夫妻，日子一久，姑爺心意變動，小姐日後再慢慢勸他歸附，也就是了。」余秀英聽了侍女的勸解，點點頭，說道：「妳說的也有道理，我怎麼倒糊塗了？投降歸投降，婚事歸婚事，沒必要混為一談。這事我不好自己提起，妳且去探探他的口風。」

　　徐鳴皐一直記著傀儡生的交代，此刻聽了侍女之言，只得將計就計，暫時依了她的意思。余秀英聞言大喜，當即命人在房中點上一對大紅花燭，由侍女領著兩人拜天地，喝了交杯酒。因有十世姻緣在前，所以兩人雖然倉促成婚，心中卻也覺理所應當。床前對坐，兩人敞開心胸，天南地北的聊了起來。紅燭映照下，余秀英的容色更增嬌媚，徐鳴皐忍不住上前在她臉上一吻，余秀英嚶嚀一聲，偎入徐鳴皐懷中，柔聲道：「我修道十年，本想終生不嫁，誰知遇見了你，竟然情難自禁，想是郎君與我前世有緣，只盼你休要負心。」徐鳴皐說道：「小姐深情，徐某豈敢辜負，日後一同建立功業，留芳百世，也不枉妳學得一身本領。」余秀英聽他說起建功立業，只道他有意歸附，更是喜悅。

翌日清晨起來，余半仙來借天羅地網，徐鳴皋說道：「聽說這件法寶最是屬害，我也是被它擒住的，若被大舅借去，假使有劍客闖到此處，妳又該如何防備？」余秀英聽他說到「大舅」一詞，臉色不禁一紅，又想起天羅地網成就兩人姻緣，心中也不願將它借出，便命侍女取出紅沙法寶交給余半仙，向他告知宮防要事，須得將天羅地網留下防備。

余半仙點頭稱是，說道：「宮防亦是要緊，這紅沙法寶是用女子月穢煉製的細沙，中者喪命，雖不及天羅地網，但也足夠了。」他取了法寶，便出城擺迷魂陣，祭煉的紙人不計其數，陣中愁雲慘慘，毒霧漫漫，遠遠望去陰風陣陣，黑幕重重，觀之令人膽顫心驚。余半仙陣勢擺定，鄞天慶便領兵出去誘敵，一通鼓過，徐慶、徐壽和趙王莊禮聘的護院教師殷壽、楊挺分別攻上前來，鄞天慶武藝了得，以一敵四竟絲毫不見為難。鷮寄生在旁見了，一道劍光射去，逼得鄞天慶不得不招架。鄞天慶假做不敵，且戰且退，引他們進入迷魂陣中。

徐慶等人不知屬害，縱馬上前，忽然一陣頭昏眼花，紛紛落馬。鷮寄生來不及阻止，徐慶四人已然昏迷被俘，他見陣中妖氣沖天，連忙回轉，此時陣中忽然沙塵飛騰，閃動著暗紅色的光芒，鷮寄生知道不好，

疾速退出，誰知那紅沙比他更快，鶊寄生身上只碰到了一點，霎時間手足痠軟，筋疲力竭，跌坐在地。

傀儡生聽人來報，大吃一驚，心想這次狀況與上次不同，須得儘快將五人救出，當即御風飛行，來到城中，找到五人關押之所，先用丹藥解毒護生，再用「袖裡乾坤」將他們攜帶出來。將至宮門時，傀儡生忽想起徐鳴皋不知狀況如何，身隨念轉，便往宮中去探視。到了余秀英院內，只見徐鳴皋一人獨坐在房中，余秀英卻不在身邊，傀儡生走到他身邊，笑道：「徐英雄在這住了兩天，不知是否有些兒女情長？」

徐鳴皋見傀儡生忽然現身，大喜過望，聽了他玩笑之言，忍不住面紅過耳，侷促道：「都是師伯教導，這會子倒取笑起小姪來了。師伯這次是來領我出去的嗎？」傀儡生將事情向他說了，囑咐道：「此時你走不得，明日要你絆住她，免得他們兄妹合力，多有妨礙。待我等破了余半仙迷魂陣，再來帶你，你與余秀英有夫妻之分，日後還有用得著她的地方……」話未說完，忽聽余秀英嬌聲斥道：「大膽賊人，看招！」素手將天羅地網拋出，將傀儡生當頭罩住，徐鳴皋一驚非小，正要上前相助，只見一道金光沖天而去，眼前哪裡還有傀儡生的影子？

余秀英收回天羅地網，網內空空，傀儡生早已遁

去，她大驚失色，道：「此人是誰？我這法寶拿人，百不失一，此人竟轉眼逃逸，本事想必了得。」徐鳴皋得意的說：「此人道術無邊，遠在你兄妹之上，你們雖有妖法，只怕邪不勝正。」余秀英見他滿臉喜色，心中不禁一酸，怒道：「你我既為夫妻，理當兩人同心，為何幸災樂禍？」徐鳴皋嘆了口氣，說道：「妳我雖是夫妻，但我也說過，寧王叛逆，我是寧死不降，若能蒙他相救，我自然還是要回去的。大丈夫在世理當建功立業，豈能為情愛所困？」

余秀英這才醒悟，原來當日他說的建功立業仍是指要與寧王對立，他對她雖然有情，但男女之情終究不敵國家大義，兩人立場相左，夫妻如何能諧？若是徐鳴皋真的為人所救，她豈非是竹籃打水一場空？思及此，她銀牙一咬，說道：「你休想！我絕對不會讓你離開，從現在開始，我便與你寸步不離，我倒要看看有誰能從我手中救了你去。」徐鳴皋搖搖頭，道：「只怕來日兩軍對戰，娘子分身乏術。」余秀英冷冷一笑，道：「夫君不用多慮，妾身奉旨把守內宮，憑他外面如何，我只在這裡守住便是！」徐鳴皋聽余秀英如此說，正中下懷，臉上卻不動聲色，只是無奈的聳聳肩，道：「那也由得妳！」

翌日清晨，傀儡生吩咐眾人守住莊門，切勿出戰，

自己與十二弟兄一同來到迷魂陣前。余半仙聽見討戰之聲，緩步走出陣外，身邊跟著兩個童子，一個手捧寶劍，一個捧著葫蘆，架式十足。他見十二生在陣前一字排開，凝神戒備，心中不禁得意起來，當即上前叫陣：「先前道人一個疏忽，被你們破了陣去，今日重整旗鼓，要你們一個一個盡皆化為血水！」十二生不願與他做口舌之爭，任由他在陣前叫囂，他們抽出背上長劍，由上而下劃過身前，十二柄長劍劍尖相抵，只聽「錚」的一聲，十二把劍一起收回，十二生一旋身同時躍起，凌空挽了幾朵劍花，姿勢美妙，動作整齊劃一。

　　眼看十二人凌空飛起，劍花連挽，越升越高，十二柄長劍劍光閃動，光華迫人，漸漸往他這個方向逼來，余半仙冷哼一聲，啐道：「慣會作怪！」一伸手抽出童子捧著的寶劍，口中持咒，手中寶劍劍光陡然一長，他發一聲喊，將寶劍擲向空中，就見那口寶劍在空中滴溜溜的旋轉，一化二，二化四，一把劍瞬間化為十二口寶劍在空中盤旋飛舞。十二生見他露了這手絕技，心下也不由得讚嘆，河海生笑道：「這妖道本事果然了得！」鷦寄生與凌雲生等都點點頭，手裡絲毫不敢怠慢，十二柄長劍射出十二道銀光，望空直下，與余半仙的十二口劍凌空交鬥。一時之間，半空中劍

光閃爍，翻轉迴旋，有如群龍戲海。

　　余半仙以一人之力敵住十二生，自覺本事了得，卻哪裡料到傀儡生知他手中有向余秀英借來的法寶，事先交代十二生不要逼得太近，以免受害，因此兩邊一時相持不下，傀儡生卻只在空中戒護，並不出手。余半仙久鬥不下，心想雙拳難敵眾手，如此下去，他氣力難支，終將為敵人所害。他向身邊的童子使了個眼色，原本持劍的童子拔腿往城裡跑去，另一個童子則將手中的葫蘆往空中一拋，葫蘆在空中倒了過來，天地間頓時塵沙遍布，紅光沖天。傀儡生在空中看見，知道余半仙放出紅沙法寶，忙從懷中取出雲錦幛望空中一拋，原本尺寸見方的一塊雲錦忽然變得有營帳大小，將十二生牢牢罩住。紅沙與雲錦一觸，嗤的一聲，盡皆消散，半空中只見紅煙裊裊，風一吹來，霎時間飄逝無蹤。

　　傀儡生見葫蘆中的紅沙放盡，隨即將雲錦收回，十二生知威脅已去，立時大顯神威，十二道銀光豁然增長，余半仙的寶劍被打落在地，十二道銀光瞬間合為一股，直往余半仙頂上射來。余半仙暗叫不好，慌忙躲入迷魂陣中，傀儡生將那股劍光攬到手中，凌空撒出，只見千百點銀光紛紛落下，化做數千神兵，傀儡生將劍尖一指，數千神兵發一聲喊，先後殺入陣中。

七劍十三俠

眾人只聽陣中殺伐之聲不絕於耳，聲音從大到小，漸漸安靜下來，忽然間「轟」的一聲，一道火光竄出，所有布陣之物全都散落在地，迷魂陣已然破了。

余半仙立在陣法中央，茫然自失，十二生將他團團圍住，就要將他就地正法，卻見他將口一張，一股黑氣從口中吐出，剎那之間，黑霧瀰漫，伸手不見五指。十二生唯恐傷了同伴，不敢妄動，傀儡生冷笑一聲，袍袖向天空一拂，瞬間雲開霧散，天朗氣清，只是余半仙的影子卻早已不見。傀儡生四下一望，見鄴天慶帶領軍隊護著寧王逃入城中，余半仙卻不在隊中，反而向西邊奔逃，眼看就要過江去了。傀儡生將長劍舉起，招呼十二兄弟一起追去，就要追上之時，就見大江西面山頂上飛下一人，一劍向余半仙迎面刺去，余半仙身子一讓，竟已飛過江去，那人凌波渡江而來，上前與十三生會合。

十二生見來人是玄貞子，又見他未能截下余半仙，不免詫異，只有傀儡生早就猜知他的心意，故意笑道：「你該幫我們殺這妖人，怎的卻放了他去？」玄貞子笑道：「你不是知道他此時命不該絕嗎？倒還來問我？」十二生聽他二人問答，知有玄機，玄貞子見傀儡生不發話，搖頭一笑，只得解釋道：「要殺那余半仙自是易如反掌，只是一來他陽壽未終，二來須要他去

引出他師父徐鴻儒來。那徐鴻儒是白蓮教之首，可謂是邪教中第一人，待他師徒會合，共助寧王造反，到時聚而殲之，也算師出有名。」眾人知他能夠通曉未來，此時不殺余半仙，定有深意，也就不再多問。

　　回到趙王莊上，眾人紛紛歡喜拜見，正說話間，發現傀儡生竟不知去向，趙莊主說道：「莫非仙長功成身退，不願到莊上來嗎？」玄貞子搖搖頭，笑道：「這老小子最搶功，豈有先走的理？你們稍安勿躁，他即刻就到。」果然玄貞子話聲剛落，傀儡生便翩然從天而降，人還未站定，口裡已經笑著說道：「臭老道，我都還沒問你的罪，你倒編派起我來了？」笑語間將袍袖一抖，徐鳴皋從袖子中滾了出來，眾人相見盡皆歡喜。羅季芳走上前去，鼻子在他頸邊聞了聞，依稀聞到一股脂粉氣息，遂拍了拍徐鳴皋的肩膀，笑道：「好兄弟，同妖女住了幾天，這身上似乎也沾染了不少妖氣啊。」眾人聽了這話，都笑起來，徐鳴皋忍不住面紅耳赤，囁嚅道：「眾位仙長在此，大哥快別開玩笑！」

玄貞子指著傀儡生笑道：「聽見沒？這都該怪你！好端端一個英雄好漢，怎麼把他送到妖女那兒去染了一身妖氣回來？」傀儡生揚起兩道濃眉，笑道：「都說你神機妙算，難道會不知道原因嗎？」玄貞子聽了這話，但笑不語，眾人聽他打啞謎，越聽越是迷糊，七嘴八舌的詢問起來。玄貞子笑道：「此事不急著說，日後自然知道。」轉頭向傀儡生等笑道：「此間盤桓已久，咱們也該走了。」徐鳴皋見玄貞子等要離開，忙問：「師父師伯此去又將雲遊四處，不知可有後會之期？」玄貞子笑道：「眼下宸濠新敗，余半仙潰逃，趙王莊有爾等在此，寧王必然不敢輕舉妄動，但他反意未滅，若爾等在此鎮守，反增變數。且爾等還須多多歷練，不日之內，朝廷便會有恩旨到來，爾等為了國家社稷，不可惜身，日後有緣，自會相聚。」說著將拂塵一甩，一陣風起，七子十三生均已不見蹤影。

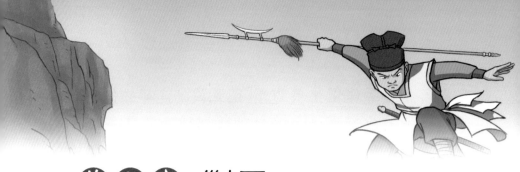

第九章　剿匪

　　玄貞子不愧為七子之首，臨去之言果然應驗，正當徐鳴皋等人在趙王莊慶賀此次大捷之際，宮中果真派了一名公公前來宣旨。原來江蘇巡撫俞謙聽聞徐鳴皋等十二人不僅英雄了得，忠於朝廷，且在趙王莊抗拒寧王，重挫寧王銳氣，因此上書當今聖上，保舉十二英雄，好讓他們盡心為國家做事。正德皇帝見了奏章，龍心大悅，即刻遣人前來宣旨召見。事有湊巧，此時安化王朱寘鐇以誅討宦官劉瑾為名，殺死甘肅巡撫，自寧夏起兵，賊勢甚是猖獗。適逢俞謙保舉徐鳴皋等人，兵部侍郎王守仁又當殿作保，正德皇帝便授以徐鳴皋等人指揮之職，命他們入宮晉見後，隨同右都御史楊一清前往征討。

　　徐鳴皋等人領了聖旨，安排好趙王莊之事，便即動身入京，朝見天子。正德帝見十二英雄個個英姿勃勃，勇猛可嘉，自是欣悅，又聽徐鳴皋等說起寧王朱宸濠種種僭越之舉，不禁大怒，

就要發兵去討伐寧王。還是楊一清在旁剖析輕重，正德帝方始暫收雷霆之怒，將徐鳴皋等劃歸楊一清麾下，命楊一清選定良辰吉日，出兵安化。到了出兵那日，徐鳴皋等穿上鎧甲，腳跨駿馬，個個精神抖擻，雄姿英發，在楊一清率領下，十二英雄，十萬大軍浩浩蕩蕩向甘肅進發。一路曉行夜宿，到了甘肅境內，哨探報說朱寘鐇分兵攻打西和、寧遠，楊一清當即分兵進取，分兩路協防西和、寧遠，之後進安化、定鞏昌、復蘭州，前後不過半個月的時間，各路反叛盡皆平定，紛紛馳書來降。

楊一清因此次軍功被加封為吏部尚書兼授武英殿大學士，徐鳴皋等人皆封將軍，俟日後有功，再加升賞，此次征討所率軍隊，則由徐鳴皋暫行統領。一時之間，楊一清與十二英雄可說是風頭正健，一時無兩。然而，常言道：「水滿則溢，月盈則虧。」楊一清在朝中如此聲勢，不僅職兼文武，與內監又來往甚密，難免為人所忌恨，又因連年災異，在朝中幾次仗義直言，更是得罪奸小。漸漸的，果有不少蜚言流語傳出，說他妄議朝政，行事跋扈，在內勾結宦官，在外結交黨羽，一時流言如沸，正德帝聽了也不覺起疑，幾番向他試探。楊一清因此萌生退意，有意告老還鄉，解職歸田，此舉正中朝中奸佞下懷，積極促成此事，又趁

機慫恿正德帝將與楊一清交好的王守仁外放為官，恰好南安、江西、湖廣一帶頗有盜匪作亂，正德帝便派任王守仁為僉都御史，命他總督兵馬，招討諸賊。

王守仁也知正德帝近來親近江彬、錢寧等奸佞小人，既有此外任機緣，暫時避其鋒銳，也是好事。他又擔心徐鳴皋等人過於耿直，在京難免與人衝突，如若為人所構陷，豈非是朝廷損失，因想他既然奉旨討賊，便奏請聖上，調徐鳴皋等人至他麾下，一同往江西剿匪。

大軍一路行至湖廣之地，王守仁便命安營紮寨，請眾將前來商議。原來此地盜匪以南安諸寨賊首謝志山及大庾諸寨賊首池大鬢為大，於江西、福建、廣西、湖廣交界深阻千餘里的土地上，共有大小巢穴五、六十處，每處皆有盜匪一千餘人，少的至少也有七、八百人，橫互綿延，聲勢連絡。寧王近日又積極連絡各處賊寇，以為外援，待來日舉事即可收此呼彼應之效。王守仁深知寧王必反，因此對於此次剿匪任務極為重視，他一邊在輿圖上比畫，一邊說道：「大庾路途遙遠，較晚得到消息，南安離此甚近，消息靈通。本帥此次領兵出征，宸濠必然早就得到消息，並將訊息報與南安，謝志山既知信息，自然會早作準備，如若我軍先進攻南安，當地曲折險阻，不易進攻，他們又事

七劍十三俠

先得到消息，自可負隅頑抗，如此曠日持久，不只耗費軍餉，只怕久耗而無功。依本帥之見，不若如先攻大庾，該地地勢雖然同樣險阻，但到底路途較遠，消息難通。若派遣輕騎在山道中潛行，約莫十日之內，亦可到達。就算他們得到消息，我們已兵臨城下，他們就是想要防備，一時也措手不及。我等便可出其不意，攻其無備，如此似較先攻南安更為事半功倍，不知諸位將軍以為如何？」

徐鳴皋等人雖然敬佩王守仁學識淵博，性格耿直，但見他年輕生嫩，一派儒雅，從上到下不見絲毫軍武氣息，卻也不禁疑心他是否真能帶兵打仗，心中原本不自覺的略帶輕視之意。此時聽他分析局勢，理路清晰，一絲不亂，前因後果，無不慮及，不覺肅然起敬。徐鳴皋心悅誠服的說：「元帥所見，極其高明，末將等唯元帥之命是從。」王守仁點點頭，眼看輿圖，心下沉吟，徐鳴皋等肅立在旁，等候調遣，一時間帳中安靜無比。

王守仁計議已定，當下調兵遣將，兵分四路，進攻大庾賊寨。徐鳴皋、楊小舫各領輕騎三千，星夜疾馳，不出五日，已來到大庾的支寨——洌頭寨。徐鳴皋謹遵王守仁的交代，在洌頭不遠，暗暗紮了營寨。兩人換了衣裝，微服私訪，在村中四處探聽盜賊狀況，

查探浰頭寨的路徑。當地村民說起這浰頭寨的盜匪，無不咬牙切齒，原來浰頭寨聚眾數千人，姦淫擄掠，無所不為。寨內共有五個大頭目，外號分別喚做守山虎、出山虎、鎮山虎、臥山虎、飛山虎，個個凶猛無比，勇力驚人。五虎之中又以出山、飛山二虎最為了得。官兵幾次征剿此寨，無奈該處四面環山，路徑曲折難知，都是無功而返。

徐鳴皋聽村民說起盜匪都是義憤填膺，與楊小舫對望了一眼，見他點頭，便道：「我們是奉旨前來剿匪的官兵，聽你們說浰頭寨山路險阻，所以官兵幾次征剿都不能成功，卻不知你們村民當中，有沒有人識得路徑呢？」村人面面相覷，過了片刻，有一人站出來說道：「小人先時曾往那裡打獵，時時送些野味入山寨，因此識得道路。」徐鳴皋聞言大喜，忙問：「那山路如何險阻，你且細細說來。」那村民便將山上道路如何曲折、怎樣艱險等諸般情況仔細說了。徐鳴皋眉頭微皺，問道：「請問老丈，你現在還能上山去嗎？」

那村民點點頭，說道：「去是去得，只是寨中新添了許多生面孔，防守也嚴，不知進不進得去。」徐鳴皋看此人雖是鄉野村民，但卻頗有見識，便道：「我有一個計策在此，需要老丈配合，不知老丈是否願意？若能成功，日後必有重賞。」那村民道：「小人不敢奢

求賞賜，只盼能剿滅盜匪。」徐鳴皋大喜，笑道：「老丈真是仗義之人，徐某佩服。」徐鳴皋便要他明、後日帶野味上山，把賣野味這條線重新拉起來之後，再向五虎自述老弱貧困，希望日後能由外甥代送野味上山，也好賺些銀錢，若五虎答應了，便可帶他上山去探查路徑。

徐鳴皋說完之後，問道：「老丈以為此計可行否？」那村民將計策從頭到尾在腦海中模擬了一遍，笑道：「這計策想必能行，只是今日已晚，待明日小人打了野味，送上山去，看狀況如何，再來稟告大人。」徐鳴皋諄諄交待了一些事宜，又取出十兩銀子交給他，那村民堅持不收，待徐鳴皋說起這是辛苦費，他才千恩萬謝的收了。

過了兩日，徐鳴皋與楊小舫正在營中議事，那村民前來說道事情已然辦成：「小人說年紀老邁，腿腳不便，日後要由外甥代送野味，那大頭目便答允了。大人便可喬裝打扮，明日隨小人一同上山。」徐鳴皋撫掌大笑，命人取酒來，親自敬了他一杯酒。隔天一早，徐鳴皋換了衣服，吩咐楊小舫小心看守營帳，便來尋那村民。他將徐鳴皋上上下下看了幾眼，搖頭道：「大人改裝是改裝了，但這身上穿的衣服，到底不像，只怕被看出首尾來，不如換上我兒子的衣裳，以保萬

全。」徐鳴皋點頭道：「如此更好。」

　　換過衣服，徐鳴皋便挑起野味，跟著那村民上山去。一路上山徑蜿蜒，何止九彎十八拐，兼又草木叢生，更加難以辨認。許多時候明明無路，須得拐過樹叢、山壁，才見得到路，有時明明看似有路，走上前去卻是峭壁懸崖。徐鳴皋越走越是心驚，暗道：「若非有人領路，如何能破此山？」一面走，一面更是仔細記憶路徑。穿過數道關卡，來到山寨正堂，那村民先向五虎行了禮，稱徐鳴皋為自己的外甥，又命他向五虎行禮。

　　徐鳴皋一愣，心想：「小不忍則亂大謀，且忍一時之辱才是。」一面行禮，一面偷看五虎形貌，只見個個容貌猙獰，虎背熊腰。忽聽上頭問道：「這個就是你的外甥嗎？」那村民忙點頭稱是，守山虎看了看徐鳴皋，道：「你這外甥長得倒俊俏，看著不像你們村子裡的人。」此話一出，那村民與徐鳴皋心中都是一驚，冷汗都冒了出來。徐鳴皋暗自戒備，那村民吞了口口水，勉強笑道：「大王又來取笑，難不成我們村裡都該是些蠢笨人，連個體面的也沒有？大王沒聽見說書的說古時候那個西施嗎？她不也生在村子裡，怎麼就生得天仙絕色呢？不瞞大王說，小人的兒子與我這外甥不同，他就生得極其醜惡。就因為害怕大王看他討厭，

所以小人才叫我外甥來的。若大王不愛看我外甥這體面樣子，小人回去還叫我兒子來送這野味，到時候大王可不要怪他粗魯醜陋。」

一席話說得徐鳴皋暗暗好笑，五虎也都笑道：「你這老兒哪裡來這麼多話？我們不過隨口問一句，你倒說起這一大串來了。罷了！既然你說兒子醜怪，那以後還是叫你外甥送吧！」那村民點頭稱是，又道：「今兒第一次帶外甥上山，這些野味就當作是進見之禮，還望大王賞臉收下，以後還要大王多多照顧。」五虎聽了他這番話，甚是喜悅，都說：「這老兒還真是上道！也罷，你既有心，咱們就受了你的禮，你外甥頭一次來，你便帶著他到處走一走，認清路徑，若是走丟了人，可沒人去救的！」徐鳴皋聽了這話，心中暗喜：「真是天賜良機！這群強盜死到臨頭，猶不自知，果然是惡貫滿盈，連天也要助我收他。」

那村民再三向五虎行了禮，這才領著徐鳴皋山前山後各處走了一遭。徐鳴皋細察四處地理情勢，所有關隘、路徑無不牢記在心，同時心中細細思量該從何處進攻，何處設伏，方能事半功倍。記明路徑後，徐鳴皋同那村民下山回營，向楊小舫說起山中情狀。楊小舫聽得暗暗點頭，說道：「若非那老兒仗義相助，此寨不知如何破得？如今既已知道山裡的

情形，兵貴神速，不可再耽誤時間了。」此語正合他的心意，徐鳴皋點頭稱是，當即擊鼓升帳，慰勉三軍，說明進攻方略後，便命大家回去好生休息，等候日落出兵。

　　到了黃昏時分，徐鳴皋傳令各營放飯，所有兵卒飽餐一頓。待到初更時分，便命那村民率領五百名長槍手，趁月色昏暗，銜枚疾走，往棗木林設伏。徐鳴皋自己親自率領五百名持刀兵卒，身上各藏火種，一個個都是短衣結束。徐鳴皋也不穿盔甲，只一身緊身短褲，便率眾出了營門，抄小路疾走，行軍之速有如風捲殘雲，直往汭頭寨背後而去。待徐鳴皋去後，楊小舫也率領一千輕騎，各帶火種，往汭頭寨正面的螺絲谷進發，一千多人同樣是銜枚疾走，黑夜之中，不聞人聲馬嘶，只聞人馬行路的窸窣之聲。

　　等到二更時分，徐鳴皋一隊已悄無聲息的來到汭頭寨背後，徐鳴皋抽出鋼刀，身先士卒，領著一列兵卒上山，沿路披荊斬棘，約莫走了一個更次，才到山頂。徐鳴皋一馬當先，從山頂走下來，所幸路上一個嘍兵都未遇見，他帶了十幾個心腹小兵前去放火，命其餘眾人都伏在山窪之內，以火光為號，一見火起，就衝殺出來，務必要大聲發喊，以亂賊心。調度已定，徐鳴皋悄悄來到大寨後方，縱身飛上

屋頂，輕手輕腳的直向山寨正堂而來。到了堂屋上方，使一招「倒捲珠簾」，整個身子倒掛下來，往廳上看去。廳內並無燈火，也無半點聲息。徐鳴皋知道那些強盜已然安歇，便將身子一縮，重又躍上屋頂行走，越過一進房屋，來到後面，從懷中取出一大包硫磺火藥之類的引火之物，正要將火藥點燃，忽聽下面喊聲不絕：「大王，大事不好！不知道從哪裡來了無數官兵，已經殺進來了！」

徐鳴皋在屋頂上聽得清楚，知道楊小舫已進了谷口，心下一喜，手裡不停，加速點火。此時眼角餘光看見庭中跳出一人來，手持長刀，在那邊大聲咒罵，面貌看來依稀是五虎中的守山虎。徐鳴皋靈機一動，將手中那一包火藥點燃，照著守山虎的面門投去，人也跟著跳下。守山虎一邊怒罵，一邊正要往外衝，忽然一團火球直撲而來，他大吃一驚，身子不覺向後一縮，此時徐鳴皋已來到眼前，舉刀便砍，守山虎急欲招架，但他這一縮身，早已失了先機，連刀都來不及舉起，已被徐鳴皋連肩帶背砍下，當場斃命。

一時之間，寨內寨外，一同著火，山前山後，喊聲震天。徐鳴皋與楊小舫兩隊人馬紛紛從前後衝殺進來。飛山虎和鎮山虎見守山虎慘死，跳出來合力進攻徐鳴皋，鬥不數合，徐鳴皋右手一翻，又將飛山虎砍

死在地。鎮山虎見徐鳴皋武藝了得，心下先怯了，轉身便逃，逃向前廳時，不想一個踉蹌，摔倒在地。混戰之中，敵我難分，一群嘍兵見有人倒地，以為是敵人，連忙上前去打殺，徐鳴皋追到前廳，看見他們自己人打成一團，心中暗暗好笑，趁亂結果了鎮山虎性命，高聲喊道：「放下武器，立即投降者，既往不咎，如執迷不悟，頑強抵抗，休怪本將軍手下無情！」此話一出，不少嘍兵情願投降。

徐鳴皋正在招降嘍兵，楊小舫從外頭進來，兩下會合，臉上都是笑容，徐鳴皋問起情況，楊小舫道：「小弟在山前放火燒谷的時候，臥山虎與出山虎前來應戰。出山虎已被小弟一刀砍死，但那臥山虎著實了得，小弟和他過了十數招，一時未能取勝，後來他聽見四處喊著大寨起火，守山、鎮山、飛山三虎已死，他就無心戀戰，虛刺一槍，調轉馬頭就逃走了。小弟路徑不熟，不敢深入險地，因此不曾追去，只得趕來聽候兄長調遣。」徐鳴皋聞言大喜，拍了拍楊小舫肩膀，說道：「臥山虎必然往棗木林後的七灣溪去了，我料他們見山寨被焚必往此處竄逃，已命老丈帶五百名長槍手在那裡埋伏，只是那裡沒有主將，賢弟眼下可立即往那裡去增援，萬不可讓臥山虎脫逃，以免遺留後患。」楊小舫點頭答應，率領兵馬，急急往棗木林

而去。

　　楊小舫趕到時，臥山虎雖被官兵團團圍住，但他悍勇非常，官兵眼見就要抵擋不住，楊小舫發一聲喊，帶領兵卒殺入重圍。眾官兵見來了援手，精神一振，更喜有主將在內，進攻防守霎時都嚴密了幾分。臥山虎本已快要突圍而出，忽然半路殺出來一個程咬金，他不由得大怒，持刀攻上前來。兩人一個騎在馬上，一個站在地上，臥山虎足不點地，人影就在楊小舫馬前馬後亂轉亂砍，楊小舫坐在馬上，手持長戟，前擋後架，兩人就這樣交了二、三十招。

　　臥山虎忽然身子一矮，從馬腹下鑽進，楊小舫看得真切，暗道：「不好！」身如離弦之箭，人已躍起在半空中。他旋身落地，回頭一看，臥山虎那把刀已將馬腹洞穿，那匹馬歪倒在地，鮮血直流。楊小舫登時大怒，將長戟拋在一旁，從腰間抽出龍泉寶劍，此劍鋒利異常，削鐵如泥。他將龍泉劍拿在手中，臥山虎一刀砍來，兩樣兵器一碰，只聽「鏗鋃」一聲，鋼刀已斷為兩截。臥山虎一呆，不想此劍鋒利至此，楊小舫長劍去勢未停，臥山虎躲避不及，一劍刺去，正中肩背。楊小舫痛惜愛馬慘亡，一劍削去，將臥山虎右手臂卸了下來，臥山虎跌倒在地，身體抖了兩抖，立時斃命。

五虎既死，洌頭寨上下嘍兵本是一群烏合之眾，如今沒了領頭之人，盡皆慌亂，一經徐鳴皋招安撫順，上上下下無不歸降。徐鳴皋與楊小舫一面處理此間事務，一面派人將洌頭寨已破的消息飛騎報知主帥。洌頭寨一應事務處理完畢後，徐鳴皋已接到王守仁回書，信上說大庾諸寨在徐慶、狄洪道、一枝梅、周湘帆等人分進合擊之下，已然攻破。今有大庾寨歸降義士卜大武願往南安謝志山寨中詐降，之後兩下裡應外合，南安賊寨指日可破，命徐鳴皋可儘速前來會師。

第十章 造反

　　徐鳴皋接信後，立即下令整軍待發，所部軍隊星夜疾馳，往帥營所在地進發。兩軍會合，徐鳴皋與楊小舫先往主帥營帳去見王守仁，三人說起攻寨情況，王守仁便道謝志山這邊亦是好手如雲，雖有卜大武前去詐降，來日亦免不了一番拚搏。果然徐鳴皋等與主軍會師之後，不是潛敵營、探敵情，就是壞重機、盜毒弩，連日來大小對陣，不知凡幾，所幸詐降之計施用得當，裡應外合、內外交逼之下，總算將南安賊寨剿滅。

　　七月奉旨剿匪，八月抵達江西、湖廣一帶，到十一月下旬便已將江西、南安、大庾各處賊寨盡皆剿滅。前後不過三、四月餘的時間，竟能有如此績效，王守仁喜出望外，他知道自己雖有運籌帷幄之才，但若非有徐鳴皋等十二英雄鼎力襄助，貫徹諸般戰略，不用說速戰速決了，只怕連自己的一條性命都要葬送在此。思及此，王守仁頓起惜才愛才之心，當即寫了報捷表章，在奏摺中細訴徐鳴皋等人的功勞。

正德帝接獲捷報，龍心大悅，立加硃批封王守仁為兵部尚書，徐鳴皋等為游擊將軍，其餘眾人各有升賞。此時又有一道奏摺呈入，正德帝展開一看，原本明亮的臉色瞬間暗了下來。原來寧王朱宸濠聽說南安各寨諸賊都為王守仁、徐鳴皋等人剿滅，他一怒之下便決意起兵，正德帝收到的那本奏章，正是湖北、安徽兩省巡撫向朝廷告急的奏本。正德帝龍顏震怒，將奏本丟在地下，怒道：「如此豎子，枉顧朝廷恩義，實在可恨！」朝中眾臣見皇帝如此盛怒，盡皆失色，紛紛勸撫、獻計。正德帝稍稍冷靜下來，接受了武英殿大學士楊廷和的意見，傳旨王守仁總督軍務，就近往南昌剿除叛逆。旨意擬罷，正德帝蓋了朱印，命人八百里加急馳報王守仁。

王守仁接到聖旨之前，早已聽聞寧王舉兵造反，心裡就猜聖上必然會命他就近負責剿除反叛，因此心中早有準備。接到旨意後，王守仁傳齊眾將，先將加封的旨意向眾人宣知，以慰軍心，再將寧王造反，奉旨就近征討的旨意向大家說了。徐鳴皋等人聽說寧王果然造反，無不咬牙切齒，紛紛痛罵寧王無恥。大家七嘴八舌的罵了一陣之後，王守仁才道：「逆藩賊勢甚是猖獗，據報現今已然分兵進攻南康。我等若再遲延，只恐南康一旦失守，賊勢必如星火燎原，就此蔓延開

七劍十三俠

來，到時難免生靈塗炭，淒慘萬狀。本帥既然奉旨招討，事不宜遲，明日大隊開拔，即刻進攻。諸位將軍以為如何？」

徐鳴皋聽了這話，略一猶疑，說道：「元帥明見千里，決意明日大隊開拔，所見甚善。但依末將之意，元帥明日大可統領大軍直接前進南昌，進攻逆藩根本之地，逆賊雖然據有南昌，但錢糧畢竟不足，未必能夠負隅堅守。末將與慕容將軍向元帥請纓，願率領三千精銳，星夜急馳，立即往南康救援，必能保住南康城。」王守仁聽了徐鳴皋的建議，連連點頭，道：「如此更好！」發下令牌，徐鳴皋與一枝梅領命，連夜挑了精銳三千，披星戴月望南康進發，王守仁則率大軍往南昌而去。

連夜兼程趕路，徐鳴皋、一枝梅率領三千精銳來到南康城外時，南康城尚在堅守。徐鳴皋率隊在離城三十里處紮營暫歇，聽說寧王麾下大將鄓天慶親率大軍攻打南康甚急，一連十天，日日攻城，卻一直未能將它攻下。鄓天慶大怒之餘，下令軍隊圍城，將一個南康城圍了個水洩不通，雖然一時尚未能攻下，但情勢其實已是岌岌可危了。徐鳴皋得到消息，不禁感嘆南康城守將堅守之勞，便與一枝梅商議道：「南康知府郭慶昌赤膽忠心，與參將趙德威、守備孫理文堅守城

池，實在令人欽佩。依小弟看來，<u>南康</u>上下一心，如此堅守，逆賊雖然攻打甚急，一時也未必能破。如今我等已然趕到，隨時可以上去增援，明日兩軍對戰，若是能傷了<u>鄢天慶</u>，或是將他捉了過來，便可重挫敵軍軍心，賊兵烏合之眾，自然不戰而退，就算抓不到<u>鄢天慶</u>，也必須狠狠衝殺，挫挫他的銳氣才是。幸好我軍方才剿匪得勝，軍心正盛，膽氣亦豪，兩軍對壘，首重氣勢，我們以堂堂大勝之師與他們攻城困乏之兵對戰，似乎不難取勝。」

一枝梅暗自沉吟，搖頭道：「這卻未必。我軍雖是大勝之師，也確實軍心正盛，但是日夜兼程趕路，一路上不免風塵僕僕，勞累疲瘁。我猜想賊將看見我們長途跋涉而來，看準我軍疲乏，力難持久，必然吩咐手下兵卒奮力死鬥，若是明日久戰不勝，先前剿匪得勝的氣勢必然受挫，銳氣一餒，軍心難穩，實是大為不利。依我看來，明日兩軍開戰，只要和他們小戰幾個回合，便可鳴金收兵，然後再設想計策，較為穩妥，又可示之以弱，放鬆賊將戒心，日後也好方便從事。若是趁一時之勢與之死鬥，就算勉力獲勝，我軍死傷必多，何況敵眾我寡，未必能穩操勝券，一旦敗了，後果不堪設想。」

徐鳴皋聽了<u>一枝梅</u>這一番議論，連連點頭，道：

「兄長所言甚是，倒是小弟操之過急了。」兩人取得共識，議定明日由一枝梅出戰鄢天慶，所部各兵不准出戰，全部手持弓箭，一旦賊兵靠近，當即萬箭齊發，以逸待勞。如此一來，雖然一枝梅不能戰勝鄢天慶，但以羽箭為掩護，殺傷的敵軍亦復不少，且箭如飛蝗，鄢天慶難越雷池一步，敵消我長，也算小勝一場。

　　一枝梅回到營中，徐鳴皋忙接了出去，兩人在帳中商議道：「今日小勝一陣，我軍費力不多，卻也一挫敵軍氣勢。他們攻城日久無功，對陣亦未能取勝，軍心必然餒弱。」徐鳴皋略帶得意，轉念一想，道：「鄢天慶雖然一時受挫，必定不能甘心，明天肯定要與我等決一死戰。」徐鳴皋一句話說得一枝梅心念一動，腦中一道靈光閃過，忙道：「兄弟說得不錯，鄢天慶不能甘心，定會報復，只是賢弟所憂慮者乃在明日，愚兄所慮卻在今夜。」

　　徐鳴皋一聽，也醒悟過來，道：「若非兄長提醒，小弟幾乎誤了大事。只是彼眾我寡，萬一他們前來劫

寨，軍中大將只有你我二人，該如何對敵？為今之計，只有加強防守，方才可保萬全。」一枝梅想了想，忽然福至心靈，靈機一動道：「單單是防守，如何讓他見識咱們的手段，我倒有個計較在此，說出來彼此商量商量。」徐鳴皋點頭細聽，一枝梅見他神色專注，接著說道：「依我看可以暗中命人在營門內左右兩邊都挖下深坑，其中各埋伏撓鉤手二百名、短刀手二百名，讓他們身上皆暗藏火種，預先在陷坑一帶堆列乾柴等易燃之物。等到夜裡賊兵進入寨內，就可下令放火，斷了他們的歸路。我們再事先空出營帳，同樣暗藏各樣引火之物，等賊兵殺了進來，照樣放起火來，兩下縱火，賊兵必然勢亂，一時敵我難分，自相踐踏。離此不遠之處有座土山，叫作獨孤嶺，我等可在二更時分，悄悄率領所部軍隊離開大營，在獨孤嶺埋伏。一聽見喊殺之聲，就傳令各軍一齊將火箭射入本寨縱火，然後由獨孤嶺抄出來到賊兵後方，大軍再突然殺出，殺他個措手不及，他們倉促之間必然不能兼顧，我等以逸待勞，必能取勝，不知賢弟以為如何？」

　　一枝梅將一番模擬細細陳述下來，聽得徐鳴皋跌足讚嘆，拍手道：「此計大妙！兄長果真多智，小弟拜服！」一枝梅一拳擊在徐鳴皋的肩膀上，笑道：「少來這套，我還有話呢！」徐鳴皋忙道：「小弟洗耳恭

聽。」一枝梅笑了笑，接著說道：「此計雖妙，但要能確定對方今夜必來劫寨才好，你可傳令下去，預作準備，我到敵營去窺探一番。」徐鳴皋知他輕功了得，武功亦佳，此事又非同小可，也不勸阻，只道：「千萬小心，儘快回來為是。」一枝梅點點頭，道：「你們早作準備，我一探知消息，立刻回來。假如賊將今夜並無劫寨之意，我就暫時停留在賊營之中，等到夜深人靜之際就在賊營各處放火，賢弟夜裡若是見到賊營四處起火，就立刻率領所部軍隊前去劫營。總之，無論如何今天晚上都要讓那鄔天慶落入我等算計之中。早早得手，儘快將南康之圍解了，你我還可以趕緊馳往南昌，與元帥合兵一處。」

徐鳴皋點點頭，再次交代一枝梅千萬小心，兩人便分頭去行事。一枝梅換上夜行裝扮，施展輕功，悄無聲息的來到敵營之中，果然聽說他們夜裡要去劫寨的消息，一枝梅再三確定消息無誤，急忙回營報知徐鳴皋。徐鳴皋聽說，命人加緊備辦事物，入夜之後，大隊人馬悄悄潛出營寨，往獨孤嶺去埋伏。一切發展果如一枝梅預想的那般，敵兵聽見炮響，內外失火，還道有敵人衝殺出來，一時自亂陣腳，敵我不分，死傷不少。等到驚覺中計，已然傷亡慘重，鄔天慶怒極，氣得一刀殺了獻計劫寨之人。他盱衡情勢，心想若是

七劍十三俠

在此等候火滅，要是敵軍掩殺過來，只怕傷亡更是慘重，不如此刻衝開火勢突圍的好。

鄺天慶領著殘餘兵將，冒火突圍，衝出營來。正喜無人設伏，誰知才轉過土山，左右兩邊皆有人馬殺出，鄺天慶一驚非小，又見伏兵中有徐鳴皋、一枝梅在內，不敢戀戰，只得左衝右突，奪路而逃。等到天明，見追兵未至，他稍事休息，檢點人馬，身邊只剩一千多人，鄺天慶心中恨極，無可奈何之下，只得回南昌向寧王告罪。

南康知府郭慶昌等聽說鄺天慶被徐鳴皋、一枝梅殺得大敗，連忙率領合城鄉紳、居民，牽羊擔酒，前來勞軍。郭慶昌深感二人率兵解了南康之圍，徐鳴皋、

一枝梅也欽佩他堅守南康，誓不降賊的風骨，三人相談甚歡，在官署中大開筵席，放懷暢飲。大隊在南康休養了兩日，到第三日徐鳴皋便傳令拔隊，合城民眾殷勤慰留，相送到十里之外。

王守仁見徐鳴皋、一枝梅一舉解了南康之圍，大隊人馬前來會師，心下雖然歡喜，但他親率大軍攻打南昌，一連三日，仍然攻打不下，不由得心中發愁。豈知他心中雖愁，寧王心中卻更是愁上幾分，南昌雖然防備甚嚴，但終究兵微將寡，王守仁率領十萬大軍來攻，又有徐鳴皋等十二英雄助陣，日日在城外攻打，長久下來，終非敵人對手。朱宸濠正在鬱悶之時，忽聽人報先前逃去的余半仙帶著一個叫非幻道人的道士在宮門外候旨。

寧王聞言大喜，忙命將人請進來，余半仙見了寧王先告罪道：「臣護駕來遲，陛下恕罪。」寧王忙將余半仙扶起，說道：「孤王正在為王守仁的大軍煩惱，余道長就到了，分明是天命要孤王成此大業。」余半仙說道：「區區王守仁，何足道哉！陛下放心，這位非幻師兄與臣同門學道，是敝師的首徒，法術高超，道行深妙。臣聽聞王守仁率領徐鳴皋等前來攻城，一再哀求師尊隨我下山，一同匡扶陛下大業，無奈敝師尚有要事，一時未能下山，便命非幻師兄與臣同來，一來

七劍十三俠

158

保護陛下共成大事；二來也可助臣一報昔日迷魂陣之仇。」寧王大喜，當下宮中重開筵席，以非幻道人和余半仙為首客，就在殿上歡飲暢談。

翌日清晨，王守仁率大軍來攻城，忽然一聲炮響，三日來閉守不開的城門緩緩開啟。王守仁等吃了一驚，還道是什麼猛將前來助戰，定睛一看，才知是一個頭戴華陽巾，身穿八卦袍的道士。他手持長劍，背後背著一個葫蘆，騎著一匹梅花鹿，緩緩從城中走了出來。王守仁見這個道士相貌斯文，但渾身上下卻透著一股不正之氣，知他必有妖法，不禁心生戒備。

非幻道人來到陣前，慢悠悠的道：「爾等不識天時，逆天行事，寧王乃天命所歸，非爾等凡夫所能抗拒，爾等若識時務，快快退去，萬事皆休，否則本仙叫你十萬大兵盡化血水。」王守仁還未及答言，羅季芳已然大怒，手舞長槍，拍馬向前，口中罵道：「妖道！滿嘴放狗屁，吃我一槍！」說著一槍刺出，只聽那非幻道人依舊慢條斯理，將頭一搖，細聲細氣的說：「不可口出粗魯之言。」袍袖輕輕拂去，羅季芳只覺一陣昏眩，登時跌下馬來。周湘帆在一邊看見，連忙飛馬來救，手中弓弩連發，非幻道人一樣將袍袖輕輕拂去，一陣風過，弓箭盡皆落地，周湘帆也和羅季芳一樣跌落在地。

徐鳴皋、包行恭見狀，一邊命人將周、羅二人救回本陣，一邊攻上前去。非幻道人雖知他二人武藝了得，心下也不敢怠慢，但動作仍是不疾不徐，就見他將手中長劍輕輕望上一拋，一柄長劍分化為二，分別攻向兩人。兩柄長劍繞著徐鳴皋、包行恭兩人團團追擊，攻得兩人措手不及，幸虧兩人都曾師從劍仙，得窺劍術門徑，因此一時尚能招架。兩人百忙之中，忽聽非幻道人輕喝一聲：「中！」隨即身上一痛，不知何時左肩、右肩一同中劍。徐鳴皋、包行恭大吃一驚，急忙負傷奔回本陣。

非幻道人見他二人敗走，心中得意，面上卻絲毫不露。他收回長劍，拿起背上背著的葫蘆，緩緩將葫蘆蓋揭開，口中念念有詞，右手劍指在身前凌空畫符，畫畢向前一指，輕聲喝道：「疾！」眾人只見一股黑氣從葫蘆嘴噴薄而出，漸漸蔓延開來。頃刻之間，陰雲籠罩，天地變色，陣前霎時狂風大做，風沙捲地，亂石飛天，半空之中竟似有無限人馬詭影衝殺過來。王守仁等見一團黑氣夾雜人影迅速掩來，耳邊聽聞陣陣風雷之聲，大驚之下，哪裡還有招架之力，只殺得十萬雄兵，諸多勇將，盡皆抱頭鼠竄，敗走三十里。

王守仁退守三十里安營紮寨，點檢傷情，除徐鳴皋、包行恭、羅季芳、周湘帆外，還折損了兩、三千

名士兵，可說是出陣以來前所未有的一場大敗。他雖遭大敗，心緒卻絲毫不亂，對將士們說道非幻道人不過是仗著妖法厲害，如用黑狗血、烏雞血、童子尿等物破了他的妖法，妖道便不足為懼。全軍上下見主帥穩若泰山，原本惶惶不安的心情都得到安撫，大家忙四處去搜羅黑狗血等物，預備來日與妖道見個高下。十二英雄見王守仁三言兩語便穩住軍心，心中也不禁佩服，一個個更是積極奮勇。

　　過了數日，黑狗血等物搜羅齊備，王守仁率領大軍，浩浩蕩蕩來到城下。當時城上看守的是早已降了寧王的布政使胡濂，見大軍到來，他便在城上喝罵，罵他不識時務、自取滅亡云云。一番不忠不孝之言，早惹惱了全軍上下，徐慶二話不說，拿過弓箭，颼的一箭射出，正中胡濂咽喉。胡濂原本罵聲不絕，一箭過去，罵聲戛然而止，蹦的一聲，屍身便從城上摔落下來。此時，城門緩緩開啟，非幻道人依舊騎著梅花鹿，與余半仙一起從城裡出來，他看了胡濂的屍體一眼，搖頭嘆道：「爾等不識天時，自恃武藝，違背天命，如今竟還殺傷人命，種種逆天之舉，罪無可恕，且看本仙替天行道。」

　　非幻道人嘆了一口氣，一副萬般無奈的神色，緩緩抽出腰間長

劍，仍是望空一拋，那柄劍便飛在空中，盤旋來去。徐鳴皋等人知道妖道厲害，不容他施術完成，便即拍馬上前。一時徐鳴皋、一枝梅、狄洪道、包行恭、周湘帆、徐慶、徐壽、王能、李武等一齊衝了出去，將非幻道人圍在中央。非幻道人也不慌亂，溫聲道：「來得好！」手上捏訣結印，一氣呵成。徐鳴皋等人只見一道金光從他指尖射出，空中那柄長劍瞬間變化為十幾柄劍，分別刺向圍攻之人，長劍追擊甚速，眾人手忙腳亂，只能擋架，無從反擊。

　　王守仁在陣中看見，命人儘速取噴筒將黑狗血射出，只見十數枝噴筒一起噴灑，半空中盡是猩紅點點。非幻道人原本笑吟吟的看著飛劍追擊徐鳴皋等人，忽然鼻間聞到一股血腥氣，他暗道不好，正要後退，幾點黑狗血已經濺上他的白色道袍，看上去好似一朵朵紅梅綻放。非幻道人眉頭一皺，轉眼就見空中長劍飄飄蕩蕩的墜落下來，眾人一看，竟都是黃符剪成的紙劍。徐鳴皋等人見妖法已破，紛紛圍攻上去，余半仙見非幻道人勢危，忙要上去相助。

　　忽然一道紅光閃耀，徐鳴皋等人被逼得一一後退，眾人定睛一看，非幻道人胯下的梅花鹿高高昂起頭，口中噴出一道道紅煙。經風一吹，紅煙竟然隱隱閃出火光，彷彿死灰復燃，不過一眨眼的功夫一片片烈火

捲燒起來，眼前頓時紅光一片。王守仁一看要糟，忙命人再將黑狗血灑出，誰知種種破法之物已然用罄。一時之間，只見騰騰烈焰在風勢的助長下，凌空向本陣燒來，赤紅的火舌轉眼燒到眼前。王守仁見全軍慌亂，已有不少人被火燒傷，當下忙命後隊改作前隊，急急撤退。非幻道人洋洋得意，指揮賊兵在後頭一路追殺，殺得王守仁大軍丟兵棄甲，慌亂奔逃，哭喊之聲不絕於耳。

王守仁領著大軍直退到五十里外，見敵軍不再追擊，方能喘息片刻，傳令安營紮寨。他不顧自身傷勢，親自去探視各軍，點檢損失，一算下來，竟傷了士兵一萬餘人。徐鳴皋等人因離非幻道人最近，又是正在圍攻之際，一時閃避不及，被火燒傷的甚多，傷勢也都不輕。王守仁眉頭深鎖，也不知該如何勸慰眾人、鼓舞軍心，只能安慰幾句，命徐鳴皋等人趕緊醫治，等大家傷勢痊癒之後，再商量如何剋制妖術，進兵攻城。

徐鳴皋等人也知主帥煩憂，只得紛紛領命，分頭去醫治。只是歷此大敗，各人都是垂頭喪氣，悶悶不樂，一個個想到如何制服這妖道，都是惶然無策。狄洪道一面包紮傷口，一面說道：「除非是玄貞子、傀儡生等眾位師伯、師叔到來，否則憑我們數人之力，不

七劍十三俠

明道術玄奧，要想破這妖道，只怕是千難萬難。」眾人聽了都點頭稱是，徐慶已包好傷口，便道：「好在我傷勢還不算重，不如我明日稟明元帥，請元帥准我離營，我去把師父找到，請他老人家再用『飛劍傳書』之技，將眾位師伯、師叔請了來剋制這個妖道，助我等共擒叛王，安定國家社稷。」

　　眾人七嘴八舌，議論了一番，眼見天色已黑，一整天的驚懼、疲憊全都湧上。正準備各自回營安歇，徐鳴皋眼角餘光忽然看見有一個人影從半空中飛了下來，他吃了一驚，望空喝道：「什麼人？」其餘幾人聽見叫喚，心中一懍，紛紛將武器拿在手中，全神戒備，腦海中同時閃過一個念頭：此時兵困馬乏，軍心惶懼，若今夜有人前來劫營，難免一敗塗地，全軍覆滅。

——第十一章 陷陣

正當所有人如臨大敵之際，昏暗中傳來一聲笑語：「這是怎麼了？不過兩年沒見，總不至於不認得我是誰了吧？我可不是那麼容易被遺忘的長相啊！」徐鳴皋聽這聲音相當耳熟，睜大眼睛望去，有些遲疑的說：「可是傀儡生師伯嗎？」聲音的主人笑道：「還是徐賢姪記掛著我啊，到底認出我來了！」來人正是傀儡生。眾人見傀儡生到來，心中歡喜真如久旱逢甘霖一般，紛紛聚上前去，你一言我一語的問候他別來情狀、抱怨非幻道人的妖術等等。

傀儡生笑著制止眾人，說道：「這些事此時不急著說，我有緊急軍情，須得立刻向元帥稟報，事不宜遲，否則全營性命難保。」徐鳴皋等人知道他突然前來必有要事，忙領著他去見元帥。王守仁早聽聞趙王莊之事，對玄貞子、傀儡生等劍仙俠客仰慕已久，聽人報說他忽然來到，連忙出帳相迎。兩人見禮畢，傀儡生說起非幻道人勸寧王趁官軍新敗，軍心渙散之際，出其不意前來劫寨，寧王已經答允，議定今夜三更出兵

突襲。

王守仁聽了這話，滿心憂慮，道：「主將受傷，三軍疲困，敵人今夜前來劫寨，我軍實難抵擋，懇請仙師大發慈悲，救我全營將士性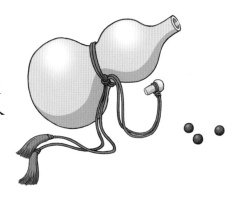

命。」傀儡生說道：「元帥不必擔憂，妖道以為全軍必然毫無防備，才敢大膽前來，如今元帥已知消息，自可應變。」王守仁搖頭道：「雖然蒙仙師相助，預先得到消息，但全營傷兵甚眾，要如何對敵呢？」傀儡生笑道：「此事甚易，眾將士乃是被非幻道人妖火所傷，敷了我的靈丹妙藥，立刻便能痊癒。」他掏出掛在腰間的葫蘆，倒出三粒清香撲鼻的丹藥，命人取水和開，敷在患處，霎時便能生肌長肉，光滑如新。王守仁見受傷將士盡皆痊癒，全營軍心大振，忙命人四面埋伏，以逸待勞。

非幻道人心想王守仁全軍必然無備，因此命鄞天慶帶領一支軍隊為前鋒，自己領軍在後接應。鄞天慶領兵來到官軍大營，果然營中昏昏暗暗，毫無戒備，他一馬當先，領兵衝入營內，忽聽一聲炮響，左邊徐鳴皋、徐慶、王能殺出，右邊一枝梅、周湘帆、李武

殺來，六個人一時將鄰天慶圍在當中，奮力廝殺。鄰天慶雖然勇猛，但一個人哪裡禁得起六個好手圍攻，只能指望非幻道人前來救應。豈知狄洪道、羅季芳、徐壽三人早已埋伏在外，見到非幻道人領兵在後，狄洪道等人立即上前截殺，將敵兵衝開，不容非幻道人前去接應。混戰之中，非幻道人也不敢重施故技，唯恐傷了自家兵將，因此只能與狄洪道等人以力拼鬥，一時進退不得。

正在為難之際，鄰天慶已從六個好手的圍攻中脫身，拍馬從營中逃出，徐鳴皋等人在後追擊。鄰天慶見非幻道人被狄洪道等人纏住，怒道：「好妖道！說什麼攻其不備，王爺上了你的大當，這下要坑死老子了！」非幻道人聽了這話，面色一紅，不由得惱羞成怒，如今脫身要緊，也顧不得會不會傷到自己人了。他在梅花鹿頭上虛擊三掌，鹿頭昂起，鹿嘴一張，紅煙噴出，瞬間又是烈火成陣。眾官兵早上才吃過妖火的苦頭，此時見火勢甚急，連忙後退，非幻道人冷哼一聲，命鄰天慶跟在火後，向前追擊。

傀儡生本在後方與王守仁觀戰，忽見營外紅光閃耀，便知非幻道人妖術作怪，當即躍在空中，口誦迴風反火訣，雙手大袖疾捲，向前揮出，就見兩股旋風好似白龍一般往賊兵方向捲去，原本燒向官兵的紅火

瞬間倒捲回來。非幻道人見一片烈火倒燒回本陣，大吃一驚，鄞天慶見過火勢厲害，忙命收兵。誰知火勢捲燒極快，賊兵退避不及，燒傷無數。非幻道人急忙念咒收火，豈料不管如何念誦咒語，火勢就是收不回來。鄞天慶在旁喝罵不絕，非幻道人無奈，將背上葫蘆望空一拋，口中持咒，葫蘆中捲出一片風雲，一時狂風大作，暴雨傾盆，總算滅了這場大火，也阻住了官兵的追趕。

　　自王守仁領兵到南昌與寧王對峙以來，連嘗敗績，今夜總算打了場勝仗，全營上下無不振奮。此時，傀儡生因有要事，必須離開，王守仁聽說，若有所失，苦苦慰留，傀儡生只得說道：「元帥毋須耽憂，非幻道人遭此大敗，內心必然不服，三日內必然還有一番手腳，貧道這裡有一個小瓶子，交由元帥收存，等到第三天夜裡初更時分，元帥就將瓶子裡的東西撒在大營四周。撒好後，元帥可率大隊儘速拔營離去，到吉安

府紮寨安營，之後再圖進兵。依貧道此言，可保無事，日後若有危難，貧道自然會再來的。」王守仁接過瓶子，心中將信將疑，還想再勸時，傀儡生卻已飄然遠去。

到第三天夜裡，王守仁謹遵傀儡生的囑咐，命楊小舫將瓶子裡的東西撒在大營四周。徐鳴皋湊上去一看，見瓶子裡不過是一些碎草和小紅豆，他和楊小舫面面相覷，同樣不解傀儡生究是何意，只是依照指示，把東西往大營周圍，四面八方撒了出去，便去稟明王守仁拔隊。全營離開沒有多久，就聽見後方紮營處人聲喧譁、戰馬嘶鳴，倒像有數十萬人馬在那裡相鬥廝殺。官軍離開未遠，聽到如此慘烈的殺伐聲都不覺暗暗心驚，王守仁對劍仙本領更加佩服，心下絲毫不敢怠慢，傳令大軍儘速往吉安府紮營。

原來非幻道人劫營大敗，又遭妖火反噬，便知王守仁營中定有高人相助。經過一番探問，方知便是破

了余半仙招魂陣、迷魂陣的傀儡生壞事。非幻道人心中恨極，當下請寧王儘快搭一座高臺，他好在上面作法，到時不費一兵一卒，就可讓王守仁十萬大軍盡皆覆滅。寧王聞言大喜，忙命人搭臺，臺成之後，非幻道人三天之中一連九次上臺作法。到了第三天夜裡，忽然陰風陣陣，碧火幽幽，黑暗中出現一個穿著盔甲的詭祕闇影向非幻道人行禮。只聽非幻道人念了一串咒語，命他即刻率領十萬魑魅魍魎去剿滅王守仁大軍，闇影領命，登時化作一道黑煙逸散。非幻道人滿心以為此次必然奏功，果然到了四更時分，一陣陰風捲來，那道闇影回來覆命，說道已將全營人馬盡數殺滅，非幻道人大喜，口中念誦退靈咒，待闇影退去，便即向寧王道喜。

寧王大喜過望，便命大擺宴席，一同慶功，但心下不免將信將疑。非幻道人自信滿滿，慢悠悠的說道：「本仙與那數萬大軍素無冤仇，只因王守仁不明天時，害得他們枉送了性命，本仙心下亦自憐憫，不如王爺派人前去為他們殮葬，掩埋枯骨，他們若地下有知，英魂有靈，也必會感念王爺恩德的。」寧王聽說，立即派人前去，豈知來人回報竟說大營之中不見枯骨，四處查問起來，卻說王守仁大軍早在初更時分便已拔營離去，現在吉安府安營紮寨，二更時分卻仍聽見殺

伐之聲，不知是哪來的人馬在廝殺。非幻道人聽了這話，原本自信淡然的微笑瞬間凝在嘴角，神色僵冷，眼中怒意難掩，看上去異常駭人。

寧王軍師李自然在一旁看見，暗暗好笑，道：「仙師飛符召將，法術自然是靈驗的，只是鬼兵神將只知道衝殺，卻不知道那些人馬是傀儡生預先設下的替代，辛辛苦苦殺了半夜，最後卻是無功而返，實在可惜。」非幻道人本就惱怒已極，再聽了李自然這番言語，更是氣得渾身抖動，只聽「啪」的一聲，手中摺扇從中斷開，他恨恨說道：「傀儡生這妖道竟用撒豆成兵、剪草做馬之術愚弄本仙，著實可恨！」此言一出，殿上眾人都向他看來，非幻道人面上一紅，將扇子丟開，力持鎮定，仍用平時的語氣，緩緩說道：「王爺恕罪！傀儡生欺人太甚，貧道向王爺請兵三千，往吉安擺下非非大陣，必要擒殺王守仁等一干叛逆，方能消我心頭之恨。」

寧王聞言大喜，正要答應，李自然卻道：「仙師的非非大陣自然是好的，只是余半仙先前所排的招魂陣、迷魂陣，說起來也是屬害無比，最後還是被徐鳴皋這干人等破去。如此看來，傀儡生確實是法術高明，妙算玄奧，此陣排演出來，只怕也瞞他不過，若再被他破去，那可該如何是好？」非幻道人冷笑一聲，說道：

「軍師說得倒輕巧，難道你也是道術高超之人嗎？我這非非陣深邃精奧，除非是上八洞神仙，方能得知其中奧妙，哪怕他傀儡生再有法術，也不能知我這陣勢的精微細緻。」李自然被說得臉色一僵，不再言語，寧王忙調兵遣將，供非幻道人差遣使喚。

王守仁等退守吉安府後，鄞天慶、雷大春、波羅僧等奉命率兵前來攻打過幾陣，雙方互有勝敗。正在僵持不下之際，非幻道人領著一支精銳隊伍，浩浩蕩蕩而來，就在距王守仁大營十里處安下營寨，命人在兩軍陣前拉棚搭臺，不到一天一夜的功夫，便將非非大陣擺設完畢，霎時之間風雲變色，陣勢周圍殺氣騰騰，陰風慘慘，叫人望而生懼。王守仁登上高臺觀看，只覺其中詭祕難言，看得久了不覺頭暈目眩起來。

眾人連忙將元帥扶進營帳，王守仁稍事休息，精神略定之後才說道：「好厲害，我不過是遠遠觀望一會兒，都險些為陣法所迷，此陣妖異無比，必有妖氣凝結其中，諸位將軍各負絕藝，可知此陣如何破得嗎？」話未說完，帳外忽報非幻道人命人前來下書，王守仁抬眼見一個小道童走進帳來，也不行禮，神色倨傲的說：「師父命我帶來戰書一封，王元帥敢不敢接？」眾人見他無禮，忍不住喝罵，王守仁卻道：「妖人子弟，不足為異！」伸手接過書信，展開一看，信中言語無

禮至極，字字挑釁，句句誅心，他闔上書信，冷笑道：「好妖道，果然有其師必有其徒！回去告訴你師父，王守仁明日候教。」

道童走後，眾人忙問究竟，王守仁皺眉道：「妖道下書挑戰，約我明日前去破陣。」徐鳴皋急著說道：「此時情勢不明，如何破陣？元帥不可輕動，明日且由末將前去觀陣，略知究竟之後，再做處置。」王守仁點點頭，說道：「雖說如此，但妖道約我破陣，我若不去，難免為他所笑，到時恐怕軍心渙散，所以明日仍由我出陣，徐將軍陪護便是。」

徐鳴皋想起之前趙王莊破迷魂陣時，玄貞子故意放走余半仙，又說日後有緣還會相聚，莫非應在此處？思及此，他便將這些事向王守仁說了，以安其心。想了一想，又道：「元帥擔心破陣失利，軍心散亂，如果等到明日再去，一無準備，不免為敵人所算，不如末將今夜先去察探一番。」王守仁略一沉吟，說道：「話雖如此，但徐將軍一人前去不妥，讓人心中不安。」聽了這話，徐慶便說：「元帥若是擔心，便由末將與徐兄弟一起前往。」王守仁知道徐鳴皋與徐慶都是武藝過人，也曾經劍仙指導劍術，兩人同去自然穩當得多，這才應允。

到了夜裡，徐鳴皋與徐慶換了黑色夜行裝束，往

王守仁帳中報備後，二人就從帳後竄出帳外，直奔非幻道人陣營而去。轉眼間兩人已到敵營，甫一靠近非非陣，便覺毛骨悚然，一同打了個冷顫。徐慶抖擻精神，一抬腳就要入陣，徐鳴皋連忙拉住他，說道：「三哥等等，不如你在外接應，讓小弟先到陣中察看一回。」徐慶忙道：「胡說，我身為兄長，豈能讓賢弟涉險？」

徐鳴皋搖搖頭，說道：「三哥不知道，傀儡生師伯之前臨行時，曾私下將小弟叫到一旁，說我近日將有四十九日大災，這是命中注定的劫數，奇險無比，九死一生。當時師伯曾給我一丸丹藥，囑咐我若是遇到什麼危難，立刻將此丹藥吞下，至少可保得一命。小弟猜測，只怕傀儡生師伯所說之難便在今日，所以我今日離營前已將丸藥帶在身上。傀儡生師伯既如此說，必有原因，三哥還是讓我先進去試試，若陣中沒什麼厲害的，小弟立刻轉身出來，再和三哥一起進去，出其不意殺他個措手不及，若能就此破了這個妖陣自然是好，就算不行，至少也要傷幾個賊兵，算做紅利。假如陣法果真了得，小弟也會立刻出來，以免枉送性命，你我就趕緊回營，設法相請傀儡生師伯等人。」

徐慶緊皺眉頭，說道：「賢弟說得輕鬆，萬一陣法厲害，賢弟陷入陣中，那該如何是好？」徐鳴皋笑道：

七劍十三俠

「萬一小弟被他們捉住，陷入陣中，正應了傀儡生師伯之語，我有丹藥護身保命，自是無恙。若真是如此，三哥切記千萬不要入陣尋找小弟，以免你我兩人都陷在陣中，還應儘速回營，稟告元帥，請元帥暫時按兵不動，等各位師伯、師叔、師父到來，再做打算才是。」徐慶面色沉重，一時不能答言，徐鳴皋勸道：「三哥，事不宜遲，再拖下去，只怕被敵人發現。大丈夫在世，為國為民，豈敢惜身，何況傀儡生師伯已有交代，三哥真的不用擔心。」徐慶也知萬事皆有前定，當即點點頭，不再阻攔。

徐鳴皋見他同意，彼此互道小心，一個飛身縱躍，他人已竄入營中。徐鳴皋走近非非陣，先在無人之處略一窺伺，深吸一口氣，這才抬起腳慢慢走入陣中。才走到陣門之旁，黑暗中只聽見有人喊道：「有奸細前來探陣！快去稟告陣主！」徐鳴皋只聽見聲音響動，卻不見半個人影，他凝神細聽，聽聲辨位，隱約聽見門邊似乎有呼吸之聲，他二話不說，拔出刀來就往聲音來處砍去，果然立時聽見一聲慘叫，一個小兵已被他砍死在地。徐鳴皋張耳細聽，確定再無聲息，這才邁開腳步，大步走進陣中。

進到陣內，徐鳴皋一時也不覺什麼特別之處，還道此陣外頭看來嚇人，裡頭不過爾爾，並不見得有什

麼厲害的地方。正要出陣去喚徐慶進來時，忽覺一陣陰風吹來，陣陣寒意侵入肌膚，刺入骨髓。再走一會兒，只覺渾身寒毛直豎，陰冷難耐，心中詫異：「這陣中怎會寒冷至此？」這一個念頭才剛閃過，當下只覺得胸口一陣壓迫，心肺間像是有一把刀插了上去，痛得他彎下腰來。徐鳴皋心知不妙，連忙掏出傀儡生給的救命丹藥，放入口中，只是陣中奇寒，連直了幾次脖子，才將丹藥吞了下去。

好不容易吞下丹藥，徐鳴皋抬起頭來，忽見非幻道人站在前方，臉上似笑非笑，將手指朝他一勾，喚道：「過來。」徐鳴皋一見了他，怒從心起，罵道：「大膽妖道，本將軍前來破陣，你受死吧！」嘴上說得厲害，但他手腳已經冷到僵硬，根本難以動作。非幻道人手執雲帚，慢悠悠的甩了一甩，輕聲道：「你死到臨頭，還不自知，竟然還想逞凶？你既已誤入亡門，本仙也不必跟你動手，只要把你晾在這裡，保證不出五日，你就得冷得骨僵而死。」

徐鳴皋聽了這話，連忙強撐身體，轉過身來掙扎著向外走。非幻道人見他走得蹣跚，喜不自勝，笑吟吟的說：「你既然自尋死路，入我非非陣中，此時豈容你出去？」非幻道人將雲帚朝徐鳴皋一拂，忽然之間陰風大作，冷氣百倍，眼前登時不見道路，四下裡黑

沉沉的一個地方，伸手不見五指，東西方位更加難以辨認。再加上一股冷氣漸漸侵入腦中，徐鳴皋只覺兩邊太陽穴一陣陣抽痛，一時抵受不住，兩腳發軟，整個人摔跌在地。非幻道人見徐鳴皋倒地，冷冷一笑，叫來兩人將他拖入亡門深處，好叫他受盡苦寒，骨僵而死。看著徐鳴皋被拖走，非幻道人將雲帚又是輕輕一甩，原本陰風呼號的地方，瞬間風止聲息，一點塵埃都未曾揚起，像是什麼事都沒發生過似的。

徐鳴皋進入陣中後，徐慶眼看著天上那輪滿月一點一點的向西邊移過去，他不由得萬般焦慮，越等越是擔憂。在陣外約莫等了一個更次之久，依然不見徐鳴皋出來，徐慶心中暗道：「莫非果然應了傀儡生師伯的話，賢弟當真陷在陣內了嗎？否則怎麼到了這會兒人還不出來？」徐慶不死心，又伏在外頭等了半個時辰，四下裡陰陰暗暗，仍然不見徐鳴皋的蹤影。時間過去這麼久，徐慶情知不妙，眼看東方天空已漸漸明亮起來，再待下去只怕就要驚動敵人了，牙一咬，徐慶雙手握拳，轉身疾步回營。

王守仁聽了徐慶的回報，一驚非小，不由得憂急萬端，徐慶連忙出言安撫，道：「元帥萬勿擔憂，既有傀儡生師伯妙算在前，鳴皋將軍此時想來不致有性命之憂，末將此時即刻啟程，趕往各處去尋找諸位師父、

師伯、師叔到來，務必請到他們來襄助元帥，破陣救人。」王守仁眉頭一皺，說道：「可是諸位仙師雲遊四海，行蹤不定，一時要到哪裡去找呢？」徐慶笑道：「只要找到其中一位，其餘幾位就很容易找了。末將等人的師父，個個都能『飛劍傳書』，所以只要找到一位，便請他飛劍傳書，就能把其餘幾位都請到了。」王守仁又道：「話雖如此，但要在茫茫人海中找一個人，可說是海底撈針，千難萬難啊！」徐慶知道王守仁不明劍仙行事，不禁失笑，道：「元帥寬心，末將的師父曾留下連絡之法，只要末將到飛雲亭上，朝向西邊喚三聲師父道號，我師父就知道了。」王守仁大喜過望，滿心憂慮瞬間消了大半。

　　徐慶見王守仁臉上露出笑容，知他已經寬心不少，正準備告辭離去，忽然聽見半空中有笑語聲傳來，說道：「徐慶賢姪，不用勞累你多跑一趟了，尊師再過不久就到了。」徐慶聽這話聲頗為耳熟，抬頭望去，卻只見晴空萬里，哪裡有人影在？他知道七子十三生雖是修道之人，但赤子之心未嘗稍減，嬉笑戲耍，在所不忌，只得望空一揖，故意說道：「不知是哪位師伯、師叔駕臨，芳蹤難覓，還請賜見。」

　　話未說完，就見一道霹靂從半空中直劈下來，

電光閃亮中現出一個人影來。他定睛一看，不是別人，正是徐鳴皋的師父海鷗子。徐慶先前雖然一再寬慰王守仁，但畢竟自己也在敵營中擔憂了半宿，此刻見了師叔到來，整顆懸著的心都放了下來，一時眼中竟有些發熱，連忙說話遮掩過去，向王守仁引見海鷗子，待彼此見禮畢，又忙忙說道：「師叔，鳴皋他陷在敵陣之中了。」海鷗子見他眼圈微紅，也不說破，笑道：「不用擔心，我剛剛過來時已經先去看過他了，還教給他解救的法門，雖然一時不得出來，但也不會有性命之憂。這是他命中該有之厄，避也避不開的，只怕對咱們還多有幫助呢！」

第十二章 借寶

　　徐慶雖不明海鷗子言下之意，但看他成竹在胸，也就不再多問。王守仁見海鷗子到來已是大喜過望，聽他說徐慶之師轉眼即至，一時平添臂助，更是歡喜，忙向他請教破陣之事。海鷗子略一沉吟，說道：「非幻道人也算是了得，竟能排出非非陣來，要知道這非非陣極是厲害，遠非尋常陣勢可比，我雖然知曉此陣奧妙，但單憑我一人之力卻也破他不得。」王守仁是個好學之人，聽他如此說，不禁好奇起來，便問：「這非非陣有何奧祕之處，仙師可否指點一二？」

　　海鷗子笑道：「非非陣內乃是按六丁六甲、六十四卦、周天三百六十度來排列，奇變相生，變化無窮。陣外擺列了十二道門，依序為死、生、傷、亡、開、明、幽、暗、風、沙、水、石。十二門中只有開門、生門、明門是活門，除此三門可以出入外，從其餘諸門進去都是有死無生。若是能從生門殺進去，再由開門殺出，然後復由明門殺入，他的陣勢就亂了。但若不知其理，誤入其他九門，必然被他困住。就拿死門

來說，其中積聚各種穢氣，誤入死門者不用一刻鐘的時間，就為穢氣所滯，難免窒息而亡。若是誤入亡門的話，情況又不相同，此門積聚各種陰氣，誤入其中必為冷氣所逼，終至骨僵而死，小徒鳴皋就是陷在此門之中，若非傀儡生曾給他丹藥一粒，如今哪裡還有命在？」

　　王守仁越聽越是驚心，又問：「那其餘各門又有什麼危機潛伏？」海鷗子接著說道：「又比如傷門內積聚各種火氣，像什麼天火、地火、人火、三昧火，匯聚一處，誤入其中，必為熱氣所衝，燥熱而死。又如幽、暗兩門陰森暗沉，不見天日，誤入其中必為賊將所擒。若是誤入風、沙、水、石四門，立刻就會被狂風捲倒、飛沙遮眼、惡水沖陷、巨石砸傷，不論誤入哪一門都有性命之憂。除這十二門之外，陣法中央還有一座落魂亭，不論任何人到了那裡，心神必然迷失，以致神智錯亂，昏迷不醒。凡此種種，端的是厲害無比，但歸根結柢，陣中種種異相其實都是主持其陣者使用陰氣、邪氣凝結變幻出來的，又驅使六丁六甲等陰神相助，方能成此邪術。等到破陣之後，整個陣內依舊空無一物，所以此陣名為非非大陣。」

　　海鷗子見王守仁神情凝重，接著說道：「此陣雖然厲害，卻也不是破他不得，只是還得要玄貞子、傀儡

生等人都來齊了，才好籌謀。除了人力之外，要想破此陣法，還得要有法寶相助才能成事。比如那亡門之中奇寒刺骨，須得有溫風扇搧去寒涼，招來惠風和煦。又如死門穢氣積聚，奪人呼吸，若無辟穢丹實是寸步難行，其他像招涼珠、光明鏡等法寶，真是缺一不可。唯有這些東西都搜齊了，才能出兵破陣，否則不過枉送性命罷了。」王守仁也知此事不能操之過急，向海鷗子再三致意之後，便命人領他到後帳休息，不再多問。

　　數日之後，玄貞子、漱石生、一塵子、一瓢生、鶺寄生、河海生、獨孤生等人先後來到，王守仁原本還在為破陣憂慮，此時見來了許多幫手，心下自是喜悅，又聽玄貞子說先前已與大家約定好，四月十五要在此齊聚，共議破陣，更是歡喜。眾人一別經年，此時相聚，自然少不了一番寒暄，王守仁在旁聽他們說些仙山雲幻，四海遊蹤等事，也覺眼界大開。說話間，話題漸漸導向寧王造反以來，各地軍情告急等事，只聽玄貞子說道：「朱宸濠身為藩王，不知應天順時，保境安民，反倒妄起刀兵，致使生靈塗炭，民不聊生，真是萬死難贖其罪，不過這也是天下人共業所致，命

中注定該當有此一劫，實是無可奈何。」他嘆了口氣，接著說道：「雖然寧王終究難成大業，但如今他擺下非非大陣，我等若是不來破陣，只怕朝廷征剿不僅曠日費時，又多死傷，實非我等修道之人所樂見。」

王守仁忙說道：「諸位仙師慈悲，本帥與天下百姓共同感念，但不知諸位既已到來，何日方可破陣除逆呢？」玄貞子笑道：「元帥不用憂急，人、物都還不全呢！」說著轉頭向焦大鵬笑道：「話說回來，你師叔傀儡生那臭牛鼻子，這次倒是挺會拖泥帶水的，這會子還不到！」焦大鵬知道玄貞子與傀儡生一向是如此說笑慣了的，但他感念傀儡生煉化之德，便道：「師叔想是知道有師父在此主持，再放心不過，便一味躲懶了，但師叔一向守信，既與師父和眾位師伯、師叔相約，到時定會到來的。」

玄貞子也知徒兒心思，搖頭笑道：「你說得倒輕巧，要破這非非陣，須得有溫風扇、招涼珠、辟穢丹和光明鏡四樣法寶，如今溫風扇和辟穢丹已經有了，還得分頭去借另兩件法寶，才能成事，這兩件法寶都在寧王陣中，你師叔不來，卻叫誰借去？」焦大鵬忙說道：「有事弟子服其勞，還請師父吩咐。」玄貞子想了想，點頭道：「招涼珠在寧王後宮碧微王妃寢殿內，由你去借倒也合適，只是你雖能御風飛行、變化隱身，

但門徑不熟，只怕難以成事，不如由一枝梅陪你同去，更易成功。」一枝梅在旁聽見，連忙站到焦大鵬身邊，精神抖擻，蓄勢待發。玄貞子笑道：「有兩位賢俊同去，招涼珠必然借得來，只是有一件事囑咐你們，此去借寶不要你們來去飄忽，神不知鬼不覺，反倒要弄出點動靜來，讓他們知道才好，否則引不出那人來，倒是麻煩。」

王守仁等聽了這話都覺得不解，問道：「敢問仙師要引出何人？如此大張旗鼓去盜寶，豈非使兩位將軍自陷險境嗎？」玄貞子呵呵笑道：「憑他二人身手，區區一個寧王宮殿算得什麼，便是北京的紫禁城他們也能來去自如，何險之有？至於這個人嘛，元帥應該知道非幻道人和余半仙師出同門，這次便是要趁機引出他們師父徐鴻儒來，若不趁此機會將他們一網打盡，以後難免多傷性命，倒讓人耗費手腳了。」

徐慶、狄洪道見一枝梅、焦大鵬得玄貞子青眼，有任務加身，兩人也都有意出力，不禁躍躍欲試，便即請纓出陣去借光明鏡。玄貞子搖頭說道：「這光明鏡是由余半仙胞妹余秀英收藏，她道法高妙不遜乃兄，你們兩人不是對手。」說到這裡，玄貞子聲音一頓，笑指徐慶道：「你師父倒是很適合跑這一趟。」一塵子正在喝茶，聽了這話不由得嗆了一下，他擦擦嘴，抬

頭佯怒向徐慶罵道：「我正想著要偷懶，你倒忙著出面替師父攬事了！」說完一轉頭也指著玄貞子笑罵道：「你這牛鼻子慣會出一張嘴，事情都給別人做了，你要做什麼？」玄貞子將身子往椅背上一靠，端起茶來喝了一口，笑道：「自然是做你原來要做的事囉！」一句話說得眾人都笑了起來。一塵子搖頭一笑，也不推辭，和眾人又商議了一回，便與焦大鵬、一枝梅分頭去行事。

入夜之後，焦大鵬與一枝梅勁裝結束，疾往南昌而去。一枝梅輕功雖佳，但不比焦大鵬兵解成仙，能夠御風飛行，因此難以及得上他的速度，焦大鵬便將一枝梅負在背上，囑咐他不可睜眼。一枝梅緊閉雙眼，只聽耳邊呼呼風響，待得風停之後，睜開眼來，兩人已在寧王宮中。一枝梅還來不及讚嘆焦大鵬的本事，就有一隊巡邏的衛兵走來，焦大鵬忙拉著他往牆角一避，等衛士過去，兩人躍到屋簷上，商量該如何盜寶。

一枝梅為難的說：「玄貞子師伯說要鬧出點動靜，但愚兄做此行當多年，早習慣要神鬼莫測，來去無蹤，突然要我鬧出動靜來，一時倒不知道怎麼做才好？」焦大鵬想了想，說道：「不如小弟在前殿放火，兄長便趁此時去後殿伺機盜寶，如此聲東擊西，調虎離山，將他宮中人手集中到前殿去救火，兄長也容易得手。

這樣一來，動靜也鬧了，招涼珠也到手了，兄長以為如何？」一枝梅點點頭，道：「此計大妙，就這麼辦。」兩人計議已定，便先一同到碧微王妃寢宮探視，寧王此時也在裡頭，正與碧微妃飲酒談笑。一枝梅伏在屋簷上，向焦大鵬使了個眼色，他便轉身往前殿而去。

　　焦大鵬隱去身形，便到前殿各處放火，沒有多久，火光四起，前殿亂成一團，寧王也被驚動，來到書房等候下人回報。一枝梅見寧王離去，從懷中取出迷香，朝碧微妃寢殿輕輕一噴，殿中人等便即昏暈。一枝梅一閃身進到寢殿內側，依著玄貞子的提點，很快就找到一個宋錦包裹的楠木盒子，他揭開盒子，瞬間只覺一股冷氣逼人，寒意難耐，便知無誤，忙將招涼珠妥善收在懷中，快步出去和焦大鵬會合。

　　兩人會合之後，一時未去，只在暗處窺伺，果然聽見寧王發覺招涼珠被盜之後，深感不安，軍師李自然便建議寧王下旨命余半仙回山召徐鴻儒前來相助，以免先前招魂、迷魂二陣之事重演。寧王深以為然，擬好旨意，便命人往吉安去向余半仙宣旨。焦大鵬與一枝梅知道此行功德圓滿，兩人相視一笑，悄悄退出宮去，趁著夜色回營稟報。

　　一塵子本欲與焦大鵬、一枝梅同時出發，但玄貞

子卻拉住他，要他暫緩數日再行前去。一塵子知道玄貞子出言行事多有深意，嘴上雖然忍不住與他抬槓幾句，但仍是依了他的指示。因此等到他動身往寧王宮中去時，徐鴻儒早已受余半仙之請，下山來見過寧王，並往吉安來助戰了。玄貞子見徐鴻儒來到吉安，余秀英並未隨行，當即催促一塵子快快上路去借光明鏡，一塵子見他沒頭沒腦的催，忍不住笑罵道：「怪不得傀儡小子老是說你陰陽怪氣、故弄玄虛，還真沒說錯！」他搖搖頭，一閃身，人已化作一道白光逸去。

轉眼來到余秀英住處，一塵子輕飄飄的落下，趁著夜色的掩護，隱在窗外側耳細聽房內動靜。房中幽香細細，伴隨著一聲輕嘆逸出窗外，余秀英嘆道：「從前我只道師父本領高妙，無人能敵得過他，誰知人外有人，天外有天，世間高手大有人在。王守仁那裡聚集了這許多高明之士，師父與哥哥不識時務，偏又妄自尊大，來日只怕一敗塗地。」說到這裡，余秀英忍不住又嘆了一口氣，道：「聽說非幻師兄擺下非非大陣，徐鳴皋陷在陣中，不得出來。照理說我應該額手稱慶，誰讓他先前以詭計哄騙於我，明著與我成婚，多少溫存，最後卻棄我而去，可我心裡卻不由自主的擔心，生怕他有個三長兩短，恨不得立刻去救了他出來，與他遠走高飛。可我也知道他是不會允的，他非

幫著<u>王守仁</u>平定叛逆不可，這是他的忠義，我也不來怪他。」<u>一塵子</u>在外頭聽得一清二楚，暗笑<u>徐鳴皋</u>惹的好風流債，忽然間靈機一動，心想：「既然她對<u>徐鳴皋</u>如此傾心，兩人又有十世姻緣之分，不如我去勸降了她，她若應允，光明鏡豈非唾手可得。」主意已定，二話不說便走入房中。

<u>余秀英</u>正在和她兩個丫鬟挐雲、捉月絮絮叨叨的傾吐心事，忽然看見一個身穿道家裝束的男子渾若無事的走進房來，不覺大吃一驚，起身喝道：「大膽！你是什麼人？如此深夜，竟敢孤身入我閨房！」她一伸素手，掛在床邊的長劍瞬間飛到她的手中，<u>一塵子</u>見她持劍刺來，身形未動，不慌不忙的說道：「小姐不用驚慌，貧道乃是<u>徐鳴皋</u>的師伯，特意前來送個信，希望小姐可以去救他性命。」<u>余秀英</u>聞言一愣，長劍去勢一頓，霎時間臉上紅霞遍布，羞惱至極，她咬了咬牙，惱怒中又添了點委屈，手中長劍向前一遞，強自說道：「<u>徐鳴皋</u>是誰？我與他素不相識，毫無瓜葛，我為什麼要費心力去救他？你快快離去，不要惹惱了本小姐，否則休怪本小姐翻臉無情！」

<u>一塵子</u>扣起右手中指，往<u>余秀英</u>劍上一彈，<u>余秀英</u>只覺一股潛勁傳來，長劍握持不住，鏗鏘落地。<u>一塵子</u>也不進逼，淡然道：「小姐何須強辯不認呢？妳可

還記得日前與徐鳴皋共結十世姻緣之時的情景嗎？」余秀英臉色通紅，低下頭不說話。一塵子接著說道：「若問貧道是何許人，不知小姐可還記得連妳的天羅地網都網不住的傀儡生嗎？他與貧道是至交好友，貧道道號一塵子，驚擾小姐了。」余秀英心下恍然，暗道：「原來此人是傀儡生的好友，難怪如此了得。他怎會知曉此事？莫非是徐郎所說？不知他今日前來有何用意，總不可能只為了要我相救徐郎，可若真只是為此而來……，難道他情勢竟是如此危殆嗎？」

　　余秀英心念電轉，臉色驚疑不定，一塵子也不戳破，自顧自的說道：「貧道今日前來，實不相瞞，是來向小姐商借一物。本來貧道是要趁小姐不覺，暗中盜取，只是剛才在窗外聽小姐一番言論，其中未盡之言大有改邪歸正之意，而且口口聲聲掛念著徐鳴皋，可謂深情之至。貧道乃是徐鳴皋的師伯，因念及小姐與徐鳴皋尚有夫妻之情，所以才現身進來，希望妳能去救徐鳴皋性命。」余秀英聽到自己方才的一番感嘆都叫一個不認識的外人聽去，不由得大感困窘。

　　一塵子只做不知，接著說道：「小姐，我實告訴妳吧，徐鳴皋現今雖然陷在陣中，但一時尚無性命之憂，也不必小姐前去相救。妳對他若無意，咱們一拍兩瞪眼，日後戰陣相見，休怪貧道無情，而妳與他的姻緣

自然也就再難得諧了。但妳心中若尚念及徐鳴皋之情，小姐這裡有一樣寶物，只須將此物交給貧道，日後救出徐鳴皋，自是因妳之力，將來他心中感念，還可以與小姐共諧鸞鳳。」一席話軟硬兼施，說得余秀英心神不定，一塵子見她兀自羞澀不已，進一步向她分析道：「小姐也該知道，徐鳴皋雖然剛強不屈，但他只是不肯歸降宸濠，絕非狠心拋棄小姐。妳與他只因身處不同陣營，這才分了敵我相對，小姐如能來歸，不僅順應天時天命，又能得美滿良緣，孰輕孰重，小姐還該三思才是。」

　　余秀英內心本就搖擺不定，又聽了一塵子這一番話，心中早有八、九分肯了，她暗暗沉思：「我這滿腔心事，從不曾對人提起，這道士竟然全都知曉，而且字字句句都說到我心坎兒裡去。可是我與他素不相識，他縱然說的再合情合理，又怎能以他所說之言為憑據呢？他如果真的能夠讓我與徐鳴皋再諧鸞鳳，我的身家性命都是徐鳴皋一人所有，我又何惜區區身外之物？不用說一件東西，就是全部都交給他，只要能將他救出來，又有何不可？可是他若是故意編出這套話來騙我，我如就此將寶物給了他，豈不是又上了他們的當？偏偏若不將寶物借給他，萬一徐鳴皋就此陷在陣內，最後枉送性命，豈不是又誤了我的終身大事？」一時

左思右想，委決不下。

　　一塵子見余秀英沉吟良久，不言不語，念頭一轉，已猜到她的顧慮，當即說道：「小姐莫非是對貧道之言有所懷疑？這也在理，畢竟萍水相逢，小姐原無信任貧道的理由，貧道倒有一個兩全其美的計較在此，既能安小姐之意，又能破陣救助徐鳴皋，等到將來大功告成，貧道願做這個保人，包管妳和他花好月圓，不知小姐意下如何？」余秀英聽了這話，不由得喜逐顏開，嫣然笑道：「還望仙師指點。」一塵子知道已經說動了她，故意頓了一下，才笑著說道：「小姐既有歸附之心，不如此刻便啟程前往吉安，相助徐鴻儒守陣，一來可以先趁機救出徐鳴皋，以免他多受苦楚，二來日後也好裡應外合，共破此陣。貧道則回去向王元帥稟告，說妳早有歸附之心，只是苦無機會，但求功成之後能與徐鳴皋一雙兩好，只是為堅其信，妳須得將光明鏡親自奉上，如此便能求王元帥為妳主持此事，也不致害徐鳴皋犯了陣前招親之罪。至於徐鳴皋嘛，他也不是無情之人，既知妳對他有情，又蒙妳相救，必會感念在心的，如此一來，何懼婚姻不諧？」

　　余秀英將一塵子的話從頭到尾想了一遍，不僅甚合情理，且處處為她設想周到，她心中感念，立刻說道：「仙師為小女子籌謀，小女子感激不盡，請仙師上

七劍十三俠

告王元帥，三日後三更時分營帳相見，到時小女子必將光明鏡雙手奉上。」一塵子與她擊掌為誓，囑她莫忘約定，身子如飛箭離弦，化做一道白光，轉眼不知去向。余秀英見一塵子如此本領，不禁讚嘆，心想王守仁有七子十三生相助，寧王大業如何可成。她發了一會兒呆，連忙收拾行囊，余秀英不比七子十三生能夠御風飛行，但她有一樣叫做「行雲帕」的法寶，只要念誦真言，站在帕上，便能騰空飛去，千里路程亦可一日往返。

　　轉眼來到吉安，余秀英先去見過師父、師兄和哥哥，趁著言談之間，慢慢套問徐鳴皋狀況，又假裝對他有切齒之恨，求師父不論生死都要將徐鳴皋交給她處置，好讓她一洩心頭之恨。翌日，非幻道人領她進入亡門，余秀英一見徐鳴皋委頓憔悴的模樣，不由得

眼眶一熱，險些落下淚來。她唯恐非幻道人看出異樣，忙恨恨罵了幾句，非幻道人信以為真，哈哈大笑，命人將徐鳴皋抬到後帳，好讓余秀英慢慢整治。

　　當晚，余秀英趁徐鴻儒三人不注意時，偷偷將徐鳴皋移到自己帳中，並謊稱已將徐鳴皋亂刀分屍。到了夜裡，她便與徐鳴皋同床共枕，親自用體溫偎暖他的身體，如此過了兩天，徐鳴皋才漸漸甦醒過來。余秀英見他醒來，不禁喜極而泣，連忙向他告知自己投誠歸附之事。徐鳴皋見她深情款款，溫柔殷勤，心裡自是感動，又聽她說起今夜三更要拿光明鏡去獻與王元帥，忙提筆寫了一封信，要她一道交給王元帥，以便約定日後裡應外合等事。

　　王守仁見余秀英果然依約前來獻寶，又聽她說起已將徐鳴皋救出，覓地妥為安置，以及徐鴻儒命她看守落魂亭等事，來日兩軍交戰，她與徐鳴皋可自陣內殺出，到時內外呼應，陣勢自然可破。王守仁大喜過望，好生讚譽了她一番，便即允了她與徐鳴皋的婚事，命她暫時回營預作準備，等到四月二十日，雙方以炮響為號，一同破陣。余秀英所願得償，又羞又喜，謝過元帥大恩，當空祭起行雲帕，回營去了。

七劍十三俠

——第十三章 除妖

　　玄貞子見法寶都已搜羅完備，人物也都來齊，便
請王守仁整飭三軍，挑選精銳兵士六千名，三日內趕
製五色旗幡各六十四面、營門外儘速搭起高臺一座，
在上擺設几案，几案上擺放十二個各插柳枝的淨瓶，
並設八卦爐一具，以便破陣時使用。王守仁一一答應，
忙命三軍將士各去備辦。

　　到了四月十九日，七子十三生及一枝梅、徐慶、
楊小舫等眾好漢盡皆齊聚，玄貞子便請王守仁派人去
向徐鴻儒下戰書，約定明日破陣。徐鴻儒只道王守仁

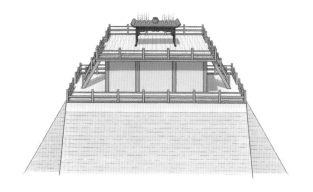

不知天高地厚，當即允戰，命送書人回來報訊。翌日清晨，王守仁升帳點兵，一番訓示之後，便交由玄貞子發號施令。玄貞子命飛雲子、默存子、海鷗子、御風生、雲陽生、凌雲生、自全生、獨孤生、羅浮生、臥雲生、一瓢生以及霓裳子十二劍客分領一枝梅、狄洪道、包行恭、焦大鵬等俠士，各率精銳五百人，紛由非非大陣十二門攻入，玄貞子與傀儡生、山中子、夢覺生、鷦寄生、漱石生、河海生便在空中掠陣，以免破陣之後，徐鴻儒與非幻道人、余半仙從空中逃走。

　　分派已定，玄貞子手持長劍，腳踩北斗七星步，對著八卦爐持咒念誦，忽然爐上竄出一道火光，緊接著一縷細密的白煙蒸騰而上，聚而不散。玄貞子將長劍指定八卦爐，就見白煙突然拗折，一分二、二分四，轉眼分作十二縷煙，全都注入桌上的淨瓶之中。白煙入到淨瓶之中，盡皆化作甘露玄水，眼見淨瓶上水珠凝結，玄貞子便命領軍的飛雲子等人持柳枝將瓶中之水遍灑三軍。一時之間，在場眾人只覺無比清淨涼爽，卻不知如此入陣便不懼邪氣侵體。

　　等到準備妥當，一聲炮響，大軍出發，浩浩蕩蕩前行，到了非非陣前，各隨領軍仙師，分往十二門而去，一下子已將一座非非大陣團團圍住。徐鴻儒在高臺上看見，冷笑一聲，命看守之人將官兵引入陣中，

七劍十三俠

好將他們盡皆困死在內。戰鼓聲鼕鼕響起，四面八方喊聲震天，徐鴻儒走下高臺，才入陣中，忽聽後頭傳來一聲叫喊：「妖道休走！」喊聲才落，劍光已逼到身後，徐鴻儒忙回身架開，這才看清是一塵子，徐鴻儒抽出寶劍，與他過了兩招，轉身便往落魂亭去。一塵子忙帶兵追了上去，誰知轉了個彎，徐鴻儒已不見蹤影，一塵子也不理會，領兵直往落魂亭殺去。

徐鴻儒從黑暗中走出來，心中不屑：「我還以為七子十三生有多大本領，原來也不過如此。」聽到陣中喊聲四起，徐鴻儒故技重施，又將飛雲子等人引向落魂亭，想著等他們神智昏迷之後，到時再一併處置，也好教七子十三生知道他徐鴻儒道法高妙。正在洋洋得意之際，忽見看守幽、暗二門的士兵慌亂奔逃，忙忙如喪家之犬，一眼瞥見徐鴻儒在前，忙向他說起二門被破之事。徐鴻儒聽了這話，大吃一驚，加快腳步向幽、暗二門奔去。

到了那邊，徐鴻儒看見本應伸手不見五指的黑暗中，竟有一面小小鏡光，照得四下裡光明遍徹。徐鴻儒只覺渾身發涼，暗道：「這光明鏡天下只有三面，其中一面收在余秀英那裡，莫非是為人所盜嗎？」眼看凌雲生帶著徐壽在那裡廝殺，手中的鏡子光燦生輝，閃得他雙眼生疼。徐鴻儒怒從心起，祭起長劍，直向

凌雲生射去，凌雲生忙回劍招架。兩人交了幾招，忽然又有兩道劍光射來，徐鴻儒知道又來了敵人，手指輕輕彈了兩下，長劍一分為三，抵住來劍。

此時，陣法中央傳來一陣陣陰森淒厲的鬼哭之聲，徐鴻儒心中一顫，情知又有變故，忙撇下凌雲生等人，直奔落魂亭而去。徐鴻儒哪知他與凌雲生交手的同時，御風生早已領著周湘帆及六百精銳士兵殺入傷門，傷門中的熱氣果真如蒸籠一般，燒得人只覺肌膚像是要著火似的，御風生連忙取出招涼珠，一股寒意襲來，霎時涼爽異常，眾人便一湧而入，殺入陣中。同時，雲陽生率領徐慶殺入亡門，起初確實也覺冷氣侵入骨髓，但雲陽生一將溫風扇取出，輕輕搧了兩下，不一會兒便將冷氣化盡。

至於其餘風、沙、水、石四門，分別由獨孤生、臥雲生、羅浮生、一瓢生率領伍天熊、焦大鵬、王能、李武四人前去。四組人入陣之時，各門之中各有異狀，狂風大作，飛沙走石，甚至還從半空中倒下水來，有如翻江倒海，氣勢驚人。情況雖然凶險，但獨孤生等人早有因應之道，也不驚慌。水門內，一瓢生取出隨身帶著的木瓢，轉眼將洶湧的大水全都收入瓢內；沙門之中，羅浮生手中拂塵一掃，剎那間飛沙便不知去向；風門後，獨孤生念動息風咒，狂風倏忽而止；石

七劍十三俠

門裡，臥雲生將寶劍一陣揮舞，漫天石塊紛紛落下，變成許多紅豆，哪裡還有巨石的影子？半個時辰不到，十二門先後為人所破，一時之間，非非陣內鬼哭狼嚎之聲不絕於耳。

徐鴻儒聽得暗暗心驚，一路上只見陣內看守的兵卒四散奔逃，淒慘萬狀，依稀還聽見有人不住口的抱怨寧王不該誤信妖道，又聽見有人說落魂亭已被一塵子、一枝梅、狄洪道、飛雲子帶領人馬衝倒，如今他們與余秀英、徐鳴皋合為一股，已殺入後帳去了。徐鴻儒聽了這些話不由得心神大亂，原本隱隱然的憂慮如今已成為現實，難怪凌雲生有光明鏡可以破陣，難怪十二道門迅速為人所破，更難怪一塵子等人輕易就破了落魂亭，莫非這一切都是因為余秀英背叛師門，獻寶通敵之故嗎？

徐鴻儒怒火中燒，長劍連掃，劍勢凌厲，沿路相遇兵卒，不分敵我盡皆喪生在他劍光之下。徐鴻儒殺紅了眼，平素的儒雅早不復見，此刻身上、臉上盡是斑斑血跡。劍光掩映中，半空中忽有五、六道銀光射來，他急忙轉身避開，誰知那銀光竟像是有生命似的，直追著他跑。徐鴻儒回頭一看，竟是玄貞子、傀儡生等人從天上伏擊。他一聲長嘯，雙手結印，祭出寶劍，寶劍飛上空中，迴繞盤旋，在六道銀光中穿梭來去。

七道劍光縱橫交織，其勢迅疾無比，半空中彷彿連起一道銀色光網，偶或紅光迸出，卻是彼此劍光相擊所致。

鬥了幾個回合，玄貞子不禁感嘆：「這妖道果真了得，可惜旁門左道，誤入歧途了。」說著運氣凝指，一道銀光陡然一長，傀儡生等人見玄貞子催加內力，紛紛跟著鼓勁，霎時之間，銀光燦然，逼得寶劍微微一墮。徐鴻儒一驚，手上連忙加勁，又將六道銀光架住。正在雙方相持不下之時，余半仙與非幻道人狼狽奔逃到此，叫道：「師父，大勢已去，十二門都被敵人破去，就連落魂亭也被人衝倒，咱們再不趕緊逃走，只怕有性命之憂。」徐鴻儒驚疑不定，喝問：「這非非陣何等奧妙，怎會被人輕易破去？」只聽非幻道人恨恨說道：「此事不恨別人，只恨余秀英這個賤婢，竟將法寶與落魂亭都出賣給敵人，此陣焉能不破！」

徐鴻儒滿腔怒火，只想衝出去找余秀英報仇，偏偏玄貞子等人糾纏不休，讓他一時難以走脫。非幻道人見徐鴻儒勢急，忙從懷中取出

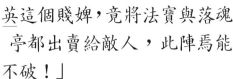

七劍十三俠

一包赤豆，口中持咒，望空一撒，無數陰兵鬼卒乍然出現，向玄貞子等人和附近官兵士卒殺去。傀儡生在空中看見，忙用左手抽出插在身後的拂塵，向著那些陰兵鬼卒拂去，就見一道旋風隨著拂塵捲起，原本猙獰詭譎的陰兵鬼卒頓時又變回赤豆，零零落落的從空中掉落下來。

傀儡生分神去破非幻道人撒豆成兵之術，右手所持劍光稍微一弱，徐鴻儒見有機可乘，當即氣沉丹田，潛運胸中，之後將口一張，一道黑氣從口中沖出，直望周遭眾人罩來。河海生等人見這股黑氣來勢迅猛，連忙向後一退，地上眾人不及退避，竟被這黑氣沖倒在地。徐鴻儒得了這一下空檔，低喝一聲，寶劍當空疾轉，數十道銀光如箭一般疾射而出，分射數人。玄貞子在上頭看得清楚，以手做指，急速在左掌掌心書符，接著向下一捺，恍如平地一聲雷，一個大霹靂當空震下，徐鴻儒猝不及防，真氣一鬆，寶劍由空中落下，原本散射而出的劍光未及傷人，便即消失無形。

就在此時，一塵子、雲陽生、御風生等分頭破陣之人紛紛趕到，頓時將徐鴻儒三人圍在垓心。徐鴻儒眼光一掃，瞧見余秀英跟在徐鳴皋身後，雙臉暈紅，妙目流轉，只覺怒不可遏。仇人見面，分外眼紅，此時此刻他也不管周遭強敵環伺，滿心只想著要將余秀

英抓來千刀萬剮。徐鴻儒從懷中取出一包黑豆望空一撒，趁眾人眼光移轉之際，取出袖中的細仙索，朝余秀英拋去。余秀英跟著徐鳴皋四處殺敵，竟未曾發現師父在前，忽見一道紅光當頭上罩下，急切間想要躲避，卻哪裡來得及，早被細仙索綑住，摔倒在地。

徐鴻儒大喜，正要將余秀英拉過來，突然有一把劍在眼前一晃，他吃了一驚，往後退了一步。在此千鈞一髮之際，他一個退步遲疑的瞬間，徐鳴皋已飛身過來將余秀英背起，隨即幾個縱躍，人已從人群中竄了出去。到此地步，徐鴻儒哪容他逃脫，回身甩出一枚煙霧彈，擋住眾人追擊，自己連忙飛身騰空，追了出去。眼看就要追上，傀儡生卻早從後面追來，陡然飛到他身前，攔住去路。徐鴻儒一見又是傀儡生礙事，也不多想，從囊中取出一塊壓神磚，口中念誦真言，就往傀儡生身上打去。

傀儡生正要上前，忽見一道金光射來，光燦閃爍，原本只是一塊金磚，瞬間層層疊疊，變成一堵金光燦爛的磚牆向他迎面壓來。傀儡生不敢怠慢，忙將袖子一張，大袖登時鼓起，只聽他口中喃喃念道：「好寶，好寶，快進袖子來！」話聲才落，一面金牆忽然又縮回原本的一塊磚頭，「咻」的一聲，飛入傀儡生袖中。徐鴻儒本來打算用壓神磚將傀儡生鎮壓在此，不想不

但沒能奏效，竟連法寶都被收走，不由得驚怒交加，咬牙切齒，罵道：「好個賊道士，大膽無狀！竟然連本仙法寶也敢收去！本仙若不將你捉住碎屍萬段，如何能消此心頭之恨，有種放馬過來，本仙與你見個真章！」

　　看徐鴻儒氣急敗壞，傀儡生忍不住笑道：「妖道，你有什麼法寶，儘管放出來，要是看著好玩，我就姑且收下來玩玩，要是沒趣兒，惱了老道，我可顧不得你的顏面，只好在兩軍之前給你難堪了！」徐鴻儒聽了這話，哪裡受得住，氣得火冒三丈，七竅生煙，二話不說將口望空一張，口中又是一道黑氣噴出，直直往傀儡生疾沖而去。傀儡生看他又來這招，忍不住打了個大大的呵欠，看見他把嘴張開，已知必有毒氣從他口中沖出，傀儡生心中早有準備。一見黑氣滾滾沖出，他立刻將左手朝向天空張開，忽然間一道紅光從他掌心激射而出，緊接著當空打下一道霹靂，逕直將那一股濃濃的黑氣震開，在空中四面飄散，接著又是一道霹靂從雲間劈下，直接打在徐鴻儒身上，將他從空中打了下去。

　　傀儡生眼見徐鴻儒被五雷符打落在地，立刻手執寶劍追了下來，準備直接一劍結果了他的性命。誰知傀儡生雙足甫一落地，徐鴻儒早已不知去向，他暗道

七劍十三俠

不好，心下沉吟：「真是百密一疏，這妖道想來必然懂得五遁之法，此刻想來已藉由土遁逃去，不然怎麼會才掉落下來就立刻不見人影？如果這次再被他逃掉，我等劍客還有何面目見人。」傀儡生正在為難之際，忽然間靈機一動，擊掌笑道：「妖道雖知五遁之術，但我傀儡生手中可不逃有名之將。」他飛身騰空，將寶劍祭在空中，雙手結印，口誦真言，咒語念罷，一道金光從手中射在寶劍上。只見那柄寶劍原本直直定在空中，劍尖向下，此時忽然銀光燦然，以劍尾為軸心，疾速在空中轉起圈來，每轉一圈就有一個銀色光圈逸出，光圈先小後大，先後投射在地，筆直刻入方圓數里的土地之中；旋即寶劍平舉，仍以劍尾為軸心，又向著東南西北四個方向畫了無數光圈，一個又一個輻射而出；緊接著寶劍挺起，劍尖指向空中，又是無數光圈向空中逸散出去。

等到天上地下，四面八方盡皆畫過，傀儡生緩緩落到地上。不知何時，玄貞子已來到身旁，見他施法已畢，這才笑道：「怎麼？讓那妖道跑了？」傀儡生表情一僵，道：「我已布下天羅地網，諒他有通天徹地之能，也是逃不出去的。此刻先去將余半仙與非幻道人這兩個妖道就地正法，再回來解決這個妖人。」玄貞子笑道：「殺雞焉用牛刀，他們兩個早已惡貫滿盈，非

幻道人為焦大鵬妻小王鳳姑所殺，至於余半仙嘛，區區不才在下一個不留神已將他斬殺，如今可只剩徐鴻儒一個了。」

傀儡生聽了這話，笑道：「那你這把牛刀就再隨我去找人吧！」兩人相視一笑，當即御風乘雲而去。行不多時，果然遠遠望見徐鴻儒在前面亂轉，原來當時他被傀儡生用五雷正法從空中打落，甫一落地立刻土遁逃離，哪知還未逃遠，傀儡生已將天羅地網布下，他在地下鑽來鑽去，四面八方竟有如銅牆鐵壁一般，毫無半點縫隙可鑽。徐鴻儒心知必是傀儡生布下地網，便飛身騰空，想自空中逃脫，誰知天羅也已布成，他御風飛過四面八方，不但一直飛不出去，最終反倒還迷失了方向。

徐鴻儒在空中無頭蒼蠅似的轉了一圈，猛然福至心靈，整個人冷靜下來，暗道：「呆子，莫不是殺昏了頭，竟將一點靈機都迷住了不成？且定一定神，再作計議。」他正要誦訣靜心，回頭卻看見玄貞子、傀儡生騰雲駕霧，翩然而至。傀儡生看著徐鴻儒，學著他的口氣笑道：「妖道，你怎麼還沒逃出去？上天有好生之德，今日本座饒你性命，你儘管逃出去，本座必然不追，讓你回山修煉，他日再來報仇雪恨。」徐鴻儒知道傀儡生有意諷刺，哪裡忍耐得住，怒道：「本仙偶

然誤中爾等詭計，這是本仙一時不察，只怕爾等不敢讓我回山，以待來日。」

玄貞子冷笑道：「死到臨頭還想著激將，今日便是你惡貫滿盈之日，還說什麼來日，納命來吧！」說著大袖一揮，數柄飛劍從袖中魚貫而出，全都攻向徐鴻儒。徐鴻儒向旁邊一讓，從袖中抽出一串紙劍，「叱」的一聲甩出，一眨眼的功夫，紙劍盡皆化成利劍，迅速在他身邊繞了一圈，列成劍陣，將他護在中央。只聽「鐺鐺鐺」幾聲連響，玄貞子的飛劍一一被擋開，徐鴻儒覷了個空隙，轉身便逃。玄貞子與傀儡生忙騰雲追了上去，追了一陣子，玄貞子覺得不耐煩起來，祭出自身精氣煉就的飛劍，喝命道：「儘速代本座將白蓮教首孽徐鴻儒正法，不得遲延！」飛劍立時領命而去。

傀儡生笑道：「你這牛刀也太偷懶了，雖說以元神煉就飛劍，最終人劍合一，確實可謂劍仙至高之術，七子十三生中也唯你一人而已，但他都窮途末路了，你這當口來這招做啥？炫耀本事不成？」玄貞子白他一眼，道：「他再怎麼窮途末路，終歸是一教之首，手段也是不少，我可沒那個耐性跟他慢慢玩，總之他今日是一定要伏法的，我去還是飛劍去，也沒區別，倒不如還是飛劍除妖乾脆些。」果不其然，不一會兒飛

劍便已回頭，劍上血光般紅，玄貞子知徐鴻儒已死，便將飛劍收回，隨傀儡生去尋他的屍首。

七子十三生大破非非陣，寧王麾下術士妖人盡皆剪除，王守仁得報後欣悅非常，忙命人大擺宴席，待鳴金收兵後，好慰勞上下軍士。徐鳴皋等人回營向王守仁稟告戰況，說起徐鴻儒、非幻道人、余半仙已然伏誅，鄺天慶逃回南昌，寧王大軍傷亡慘重，賊勢受到重挫，平定叛逆指日可待，心中都覺暢快。當晚王守仁犒勞三軍，七子十三生也不推辭，與徐鳴皋等人就在營中席地而坐，言笑宴宴，共飲歡慶。

翌日清晨起來，滿營中已不見七子十三生的蹤影，眾人四下找尋，只見校場上插著一柄長劍，劍柄上的紅纓在寒風中獵獵飄動，劍上留書一封，寫道：

> 徐鴻儒之後，寧王麾下再無妖人妖
> 法作怪，爾等放心進攻便是。
> 王元帥運籌帷幄，徐鳴皋
> 等英雄了得，三軍將士，
> 萬眾一心，日內必能平叛凱
> 旋，譽滿四海。我等
> 鄉野之人，不耐俗
> 務，這便去也！

七劍十三俠
——斬妖除魔的劍仙俠客

看完七劍十三俠的故事，是不是覺得七子十三生和妖魔們鬥法的場面，既刺激又神勇呢？現在請仔細回想故事，換你大顯身手來答題囉！

1.如果你可以變成一位劍仙，你最想變成誰呢？為什麼？

_____

_____

_____

2.你覺得「名利」重要嗎？你認為生命中最重要的事情是什麼？

_____

_____

_____

3.故事中，誰妙算陰陽，預知吉
凶，每次都算準了眾人的命運
呢？誰能呼風喚雨，撒豆成
兵，就連余秀英的天羅地網都
罩不住呢？

_____

_____

_____

4.故事裡的羅季芳，性格莽撞卻急公好義，在鶴
陽樓時替柔弱女子打抱不平，竟與壯漢拚搏起
來。如果是你，也會像他一樣衝動嗎？

_____

_____

_____

另有其他學習單，可到三民網路書店下載

在經典故事中成長

——有圖、有料、有意思

唐三藏西天取經、魯智深大鬧桃花村、

諸葛亮草船借箭、牛郎織女鵲橋相見……

過去，我們讀這些故事長大

現在，我們讓這些故事陪孩子一起長大

豐富的文化應該被傳承，傳統的經典需要有新意

小說新賞，讓經典再現——

🍐 導讀簡明，掌握故事緣起

🍐 內容生動，融合古典新意

🍐 插圖精美，呈現具體情境

🍐 經典新編，富含文學性質

一生不可不讀的三十本經典

生命教育首選讀物

養成良好品格，激發無限潛力，打造下一個領航人物！

你可以像自由鬥士 曼德拉 一樣找到自己的理想嗎？

你能像世界知名設計師 可可‧香奈兒 一樣隨時發揮創意嗎

你想成為像搖滾巨星 約翰‧藍儂 一樣的萬人迷嗎？

讀完他們的故事，你也做得到！

◆ 近代人物，引領未來航線

◆ 橫跨領域，視野真正全面

◆ 精采後記，聚焦全書要點

◆ 彩色印刷，吸睛兼顧護眼

全系列共二十冊
邀你共賞！

適讀對象：
國小低年級以上
注音，小朋友也能自己讀！

創意 MAKER

創意驚奇耶

請跟著**畢卡索**，在各種藝術領域上大展創意。

請跟著**盛田昭夫**，動動你的頭腦，想像引領創新企業的挑戰。

請跟著**高第**，體驗創意新設計的樂趣。

請跟著**格林兄弟**，將創思奇想記錄下來，寫出你創意滿滿的故事。

本系列特色：
1. 精選東西方人物，一網打盡全球創意 MAKER。
2. 國內外得獎作者、繪者大集合，聯手打造創意故事。
3. 驚奇的情節，精美的插圖，加上高質感印刷，保證物超所值！

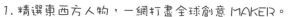

國家圖書館出版品預行編目資料

七劍十三俠／張博鈞編寫;王平繪.－－初版一刷.－－
臺北市:三民, 2018
面; 公分.－－(兒童文學叢書／小說新賞)

ISBN 978－957－14－6396－4　(平裝)

859.6　　　　　　　　　　　　　　　107003661

© 　七劍十三俠

編 寫 者	張博鈞
繪 　 者	王 平
責任編輯	楊雲琦
美術設計	蔡季吟
發 行 人	劉振強
著作財產權人	三民書局股份有限公司
發 行 所	三民書局股份有限公司
	地址　臺北市復興北路386號
	電話　(02)25006600
	郵撥帳號　0009998-5
門 市 部	(復北店) 臺北市復興北路386號
	(重南店) 臺北市重慶南路一段61號
出版日期	初版一刷　2018年5月
編 　 號	S 857700

行政院新聞局登記證局版臺業字第○二○○號

有著作權·不准侵害

ISBN　978－957－14－6396－4　(平裝)

http://www.sanmin.com.tw　三民網路書店
※本書如有缺頁、破損或裝訂錯誤,請寄回本公司更換。